SHIKAMARU
SHINDEN

SHIKAMARU
SHINDEN

シカマル新伝

「舞い散る華を憂う雲」

NARUTO
-ナルト-

岸本斉史 MASASHI KISHIMOTO
矢野隆 TAKASHI YANO

目次

CONTENTS

SHIKAMARU SHINDEN

「舞い散る華を憂う雲」

人物紹介

CHARACTERS

奈良《なら》シカマル

七代目火影の相談役。元第十班でシカダイの父。

奈良《なら》シカダイ

シカマルとテマリの息子。ゲームが好き。

奈良《なら》テマリ

シカダイの母。五代目風影・我愛羅の姉。

秋道《あきみち》チョウジ

倍化の術の使い手。元第十班で猪鹿蝶の一人。

山中《やまなか》いの

心転身の術の使い手。元第十班で猪鹿蝶の一人。

朧《ロウ》

暗部の忍。チャクラの量や質を変化させる能力を持つ。

鏃《ソク》

暗部の忍。チャクラの針を使った戦い方が得意。

うずまきナルト

七代目火影。木ノ葉隠れの里の英雄。元第七班。

うずまきボルト

ナルトの息子であり、サスケの弟子。

うちはサスケ

うちは一族の写輪眼の使い手。元第七班。

ダルイ

五代目雷影。口ぐせは「だるい」。

我愛羅《ガアラ》

五代目風影。テマリの弟でシカダイの叔父。

長十郎《ちょうじゅうろう》

六代目水影。忍刀・ヒラメカレイの使い手。

黒《くろ》ツチ

四代目土影。三代目土影・オオノキの孫。

まどかイッキュウ

火の国の大名。他国に対しても強い影響力を持つ。

この作品はフィクションです。
実在の人物・団体・事件などにはいっさい関係ありません。

「暗躍」

SHIKAMARU SHINDEN

一

いつものように目が覚める。

子供のころ忍者学校《アカデミー》に入ってから、ずっと変わらない習慣だ。どんなに夜遅く眠りに就《つ》いても、かならず決まった時間に目が覚める。

「ふぁーあ」

見慣《みな》れた天井を眺《なが》めながら、シカマルは欠伸《あくび》をした。

「ん」

いつもと違う匂《にお》いに気づいて、みずからの服を嗅《か》いだ。

肉を焼いた煙と、煙草《たばこ》の匂いが染《し》みついている。そういえば、昨日《きのう》は久しぶりにチョウジとふたりで遅くまで呑《の》んだ。帰ってきたのは真夜中。もちろんテマリとシカダイはとっくに眠っていた。着替えるのも面倒《めんどう》だったから、上着を脱いでそのまま布団《ふとん》に寝転がり、気づけば朝だった。

「風呂入ってねェ」

溜息《ためいき》まじりにつぶやいた。

昨夜の愉《たの》しかった思い出が、沈鬱《ちんうつ》な気持ちに押《お》し潰《つぶ》されてゆく。おそらく風呂には湯が張られたままだ。当然もう冷たくなっている。如才《じょさい》ないテマリのこと。いつ帰ってくるかもわからないシカマルのために、十分に湯を温め、蓋《ふた》をしていたはずだ。

そういえば、台所のテーブルにはフキンがかけられた夕飯《ゆうはん》があったような気がする。

「やべーな……」

急にチョウジに誘われたため、テマリに連絡するのを忘れていた。

煙の匂いの染みついた腕で、顔を覆《おお》う。

「めんどくせー」

なにもかも自分が悪い。

連絡しなかったことも、風呂に入らなかったことも、そのまま寝てしまったことも……。

それでもこれから起こるであろう面倒事を考えると、自分の非を棚《たな》にあげてしまいたくなる。

わかってる。

自分が悪いのはわかっているんだ。

これ以上、責《せ》めなくても……。

この後、言いたくなるであろう言葉が、すでに頭を占拠《せんきょ》していた。

「くそっ」

気合を入れて身体《からだ》を起こした。頭は明瞭《めいりょう》だ。次の日まで残るほど酒を呑むような忍《しのび》はいない。

両手で顔を挟《はさ》むようにして頬《ほお》を二、三度叩《たた》く。そうして気合を入れなければ、目の前の障子戸《しょうじど》を開く力さえ湧いてこない。

風呂に入っていないから、もちろん髪は束《たば》ねたままだ。幾度《いくど》もの寝返りのせいで、方々から後《おく》れ毛《げ》が飛びだしている。垂《た》れた毛先に頬を刺されて、わずらわしい。

どうせこれから風呂に入るのだ。束ねた紐《ひも》を取って、髪の拘束《こうそく》を解いた。それからはげしく首を左右に振って、まばたきをする。

「よしっ」

みずからを奮《ふる》い立《た》たせているのだが、やはりどうやっても気が重い。

障子戸を開き、廊下に出た。

「おぉっ!」

廊下に踏みだした瞬間、眼前に息子《むすこ》の顔があった。おどろいたシカダイが、父を見あげながら目を見開いている。

「お、おはよう」

シカマルは、かすれた声で言った。

「風邪《かぜ》ひいたんじゃねーの？」

妻に似た鋭《するど》い視線でシカマルを見つめながら、シカダイが問う。

「いや、昨日少ししゃべりすぎちまった」

酔《よ》うと大声になるチョウジに負けずに話そうとすると、ついこちらも声が大きくなる。愉しくて煙草も多めに吸ってしまったから、余計に喉《のど》に負担がかかったはずだ。

「おい、父ちゃん」

半身《はんみ》になったシカダイが、顔を近づけてきてささやく。

「なんか今朝《けさ》、母ちゃん機嫌《きげん》が悪いみてーだぜ」

言われなくてもわかっていた。

原因はシカマルにある。

廊下のむこう、茶の間つづきの台所から聞こえてくるまな板の音が、いつもよりも強い。

あれは相当、怒っている。

「だろうな……」

苦笑《にがわら》いするシカマルの身体に、シカダイが肩を触れさせる。

「頑張《がんば》れよ」

つい最近まで、転んだくらいで泣いていたくせに、ずいぶん大人《おとな》びたことを言うようになった。

自分の幼いころを見ているようなシカダイの束ねられた髪を上からつかむ。そして、頭をぐしゃぐしゃと乱暴に振った。

「止《や》めろよ。煙草の匂いがつくだろ」

「うるせー。生意気《なまいき》なこと言ってねェで、さっさと仕事に行け。中忍《ちゆうにん》試験で注目されて、難しい任務が回ってくるようになってるはずだ。気を引《ひ》き締《し》めねーと、仲間の足を引っ張るぞ」

思えばシカマルも、里に注目されたのは中忍試験の時だ。はじめてテマリと出会ったのも、中忍試験だった。

出会いは敵同士。

それがいまや夫婦。

人生とはわからないものだ。

「飯《めし》は食ったのか」

「あぁ」

「支度《したく》は」

「終わってる」

答えながらシカダイは、頭をぐりぐり回されている。

「だったら、さっさと行け」

「わかってる」

苛立《いらだ》ちの声を吐きながら、息子は父の手から逃《のが》れた。

「頑張れよ」

「ったく、めんどくせー」

恨《うら》めしそうにシカマルを見あげると、シカダイは玄関のほうへと歩いていった。

まったく誰に似たのやら……。

シカマルである。

口癖《くちぐせ》まで昔の自分を見ているようだ。

「さて」

戸を開いて敷居《しきい》を飛び越えるシカダイを見送ってから、シカマルは腹に気合を入れて、
まな板を叩く音のほうへと歩《あゆ》みを進めた。

「おはよう」

振り返りもしない妻の背中を見つめながら、頭をかく。

「風呂入ってくる」

答えは返ってこない。

これは相当だ。

重い気持ちを引きずりながら、温めなおした湯船につかり、じっくりと考える。さて、どんな小言《こごと》が待っているのか。それとも、数日このままだんまりを決めこまれるのか。考えただけで、腹がきゅっと締めつけられる。

風呂から上がり、ていねいに身体をふく。部屋着に着替えるのは面倒くさい。などと思いながら風呂場の扉を開くと、洗いたての仕事着一式が、丁寧《ていねい》に折《お》り畳《たた》まれて置かれていた。袖《そで》を通し、上着を手に持ち、茶の間へとむかう。

卓袱台《ちゃぶだい》の定位置にテマリが座っている。シカマルの定位置の前には、温かいご飯と味噌《みそ》汁《しる》、そして焼き魚が置かれていた。いつもの奈良《なら》家の朝食である。

静かに飯の前に座った。

「昨日は悪かったな」

目を伏《ふ》せて押し黙る妻に、にこやかに語りかける。こういう時は素直《すなお》に謝《あやま》ったほうがいい。下手《へた》な言《い》い訳《わけ》をすると、無数の反撃が待っている。長年の夫婦生活で培《つちか》った、シカマルなりの処世術である。

「いただきます」

答えが返ってくる前に、手を合わせて箸《はし》を取る。味噌汁をひと口すすって飯をかきこむ。

「うまい」

まずは褒《ほ》める。とにかく妻の機嫌を逆なでしないことだけに、集中するのだ。悪いのはすべて自分なのだ。反省を全身で表す。

テマリは黙ったまま固まっている。

いつもなら、そろそろ小言のひとつでも言ってくるころなのだが、今朝はどうやらいつもより虫の居所が悪いらしい。

何故だ……。

煙草の匂いも、風呂に入らずに寝たことも、飯を喰《く》わないという連絡をし忘れたことも、これまで幾度もあったではないか。

それなのに何故、今日はここまで怒っているのか。

うまいと言って食べてはいるが、飯の味はいっさいわからない。シカマルの全神経は、隣で押し黙っている妻へと注《そそ》がれている。

焼き魚は、半身を食べ終え裏側に差しかかっていた。飯はもうなくなりかけている。

「お代わりは？」

やっとテマリが口を開いた。

「たのむ」

微笑《ほほえ》みながら茶碗《ちゃわん》を差しだす。目を伏せ、視線を合わせぬテマリが器用に茶碗を受け取って、新《あら》たな飯を茶碗に盛った。

「はい」

「ありがとう」

いつもは無言で受け取るのだが、無意識のうちに礼の言葉が口からこぼれる。

「あの……」

飯のつづきを食べながら、言葉をかけた。なにか用件があったわけではない。頭のなかで、話題を考える。

そんなシカマルの機先《きせん》を制するように、テマリがとがった声を吐いた。

「昨日がなんの日だったか覚えているか」

妻の言葉がシカマルの胸を貫《つらぬ》いた。

ま、ず、い！！！！！

いまのいままで忘れていた。

結婚記念日。

シカダイたちの中忍試験を大筒木《おおつつき》一族の残党にぶち壊された一件の事後処理や、数日後に行われる五影《ごかげ》会談の準備に追われて、すっかり忘れてしまっていた。

箸を置き、卓袱台に額《ひたい》を打たんばかりの勢《いきお》いで頭をさげる。

「すまねェ！」

「忘れてたんだな」

「本当にすまねェ！」

氷柱《つらら》の切っ先のようなテマリの鋭い視線が、冷《ひ》や汗《あせ》をかくシカマルの顔に突き刺さる。

「ナルトの相談役で忙《いそが》しいから、仕方ないのはわかってるんだが、昨日くらいは家で夕飯を食べてもらいたかった」

「この埋めあわせはかならず」

「昨日は二度と戻ってこないんだぞ」

「わかってる。でもかならず！」

「仕事に遅れるぞ。五影会談の支度があるんだろ」

テマリの言うとおり、そろそろ家を出なくてはならない時間だった。

急いで飯を腹に流しこみ、立ちあがった。テマリは座ったまま皿の片づけをはじめている。

「本当に、すまなかった。許してくれ」

「遅れるぞ」

台所で背中をむけるテマリが言った。

「行ってくる」

それだけ言って、シカマルは家を飛びだした。

「はぁ……」

火影《ほかげ》屋敷へとつづく一本道を、肩を落として歩きながら溜息を吐《つ》く。

空を見あげる。

真っ白い雲が西から東へと流れてゆく。

「家族って……」

ぼんやりとつぶやく。

「めんどくせー」

二

いつもと違う気配が、最初から張りつめていた。

円卓の中央に座るナルトの背後に立ち、シカマルはこの気配の正体をじっとにらんでいる。

黒《くろ》ツチ……。

岩隠《いわがく》れの忍の長《おさ》である土影《つちかげ》を、祖父のオオノキから受《う》け継《つ》いだ若きくノ一である。短い髪のその下にある彼女の目が、会議が始まってからずっと緊張の色を滲《にじ》ませたまま、ナルトのほうにむけられていた。自分に対する鋭い視線に気づかぬふりをしながら、先刻《さっき》からナルトは先の中忍試験中断と、大筒木モモシキたちの木《こ》ノ葉《は》襲撃の事後処理の説明を行っている。

大筒木モモシキの襲撃に際しては、ナルトが攫《さら》われ、他里の影忍《かげにん》たち四人が奪回《だっかい》に協力してくれた。もちろんそこには土影である黒ツチの姿もあった。

砂隠《すながく》れの我愛羅《ガアラ》、霧隠《きりがく》れの長十郎《ちょうじゅうろう》、雲隠《くもがく》れのダルイ。この三人に、黒ツチとナルトを加《くわ》えた五人こそ〝五影〟と呼ばれ、大陸全土の忍たちの頂点に立つ存在だった。

忍だけではなく、この大陸に住むすべての人を巻きこんだ先の第四次忍界《にんかい》大戦の折、五影が治《おさ》める里は手を取りあい戦った。忍界大戦が終息した後も、五影の友好はつづいている。かつては敵味方に分かれて争っていた大国が、ここまで平穏《へいおん》な関係を築いているのは、長い忍の歴史のなかでもはじめてのことだった。

その支柱となっているのは、間違いなくナルトである。

第四次忍界大戦を終息に導《みちび》いた英雄ナルト。

彼の絶大な力と、前むきで陽気な性格が、他の四人の影忍たち、彼等《かれら》が治める里の忍たちを、ひとつにまとめあげている。

「……というわけだってばよ。とにかく、今回は本当にみんなには迷惑かけちまったな。これからは、こんなことにならねェように、もっとしっかりとやるってばよ」

頭の後ろをかきながら、ナルトが四人の影たちに頭をさげた。

ナルトの親友、風影《かぜかげ》の我愛羅は、隈《くま》に覆われた目で一度うなずく。

雷影《らいかげ》・ダルイは、背もたれに上体を全力で預《あず》けながら、気《け》だるそうに言った。

「大事にならずにすんだんだ。そこまで謝ることはねーさ」

「とにかく、これからは異変を察知したらすぐにボクたちに報告してくださいよ」

肩をすくめて水影《みずかげ》、長十郎が告《つ》げる。

「わかってるってばよ。なにかあったら、すぐにみんなに報《しら》せる。本当に今回は悪かった」

「ゴメンですむなら、私たち忍はいらないわ」

にこやかに言ったナルトを制するように、黒ツチの冷《さ》めた声が会議場に響《ひび》き渡《わた》った。

「す、すまなかったってばよ」

にらまれてナルトがペコリと頭をさげる。しかし黒ツチの勢いは止まらない。

「いつもいつも、大きな変事が起こるのは、木《こ》ノ葉《は》隠《がく》れの里。私たちが事態を知るのは、抜き差しならない状況になってからじゃない」

「こんなことは、そう何度も起こることじゃ……」

「そう言って、何度私たちを翻弄《ほんろう》すれば気がすむの、木ノ葉はッ！」

黒ツチが白い机を叩いた。

「おい、今日は熱くなりすぎてんじゃねぇか、黒ツチ」

頭の後ろで手を組みながら、ダルイが横目で黒ツチを見た。この二人と長十郎、そしてシカマルの四人は、次代の五大国を支《ささ》える忍たちで作っていた集まりで、ともに切磋《せっさ》琢磨《たくま》した仲である。あの時のメンバーには、シカマルの妻、テマリの姿もあった。

平生《へいぜい》と変わらぬダルイの言葉に耳をかたむけることなく、黒ツチはナルトをにらんだままつづける。

「中忍試験での一件も私は決して見過ごすことはできない」

「みんなに迷惑をかけたのは悪かったってばよ」

「大筒木のことじゃないわ」

土影の勢いに押され、ナルトは強張《こわば》った笑《え》みを浮かべたまま固まっている。その額からは、ひとすじの冷や汗が流れていた。

五影会談で、ここまで誰かが白熱したことなど、シカマルが同席してからは一度も記憶にない。

それほど、今日の黒ツチは殺気走っていた。

「あなたの息子が使った道具。あれはなんなの？」

科学忍具《にんぐ》……。

ちいさな巻物のなかに術を封印し、手首に巻いたベルトからそれを放出することで、誰でも難易《なんい》度の高い術を繰《く》りだすことができるという道具だ。科学忍具班の班長・カタスケが開発し、実戦でアピールするために、中忍試験にのぞむナルトの息子、ボルトをそそのかし、試験の最中に使用させた。

ナルトの螺《ら》旋丸《せんがん》も、サスケの千《ち》鳥《どり》も、そしてシカマルの影縛《かげしば》りだって、あの忍具があれば誰でも使うことができる。そうなれば、忍の個々の存在理由は失われてしまう。いや、忍自体の価値すらなくなる。

絶え間《たま》ない修練の先に、己《おのれ》自身の術を見つめるのが忍だ。だからこそ、それぞれの忍は、自分の術にこだわりを持つ。当然だ。己の忍道《にんどう》の結晶こそが、術なのである。使えればいというものではない。

シカマルは沈黙のまま、黒ツチを見据《みす》える。熱を帯《お》びた土影は、立ちあがって机に手をついたままナルトをにらむ。

「あんな物を密《ひそ》かに開発して、いったい木ノ葉はなにを考えていたの？」

「い、いや、あれは科学忍具班が勝手に……」

「そんな言い逃れで私たちを納得させるつもり!?」

おそらく黒ツチは、会議がはじまる前から糾弾《きゅうだん》を企図《きと》していたのだろう。

今回は徹底的にナルトを叩く。その覚悟が、議場に張りつめた空気を生みだし、シカマルの嗅覚《きゅうかく》をしきりに刺激していた。

黒ツチが口にした言葉はすべて、前もって用意していたのだろう。だとすれば、まだ盤上は序盤だ。黒ツチは器用に駒《こま》を動かしているが、攻めがあまりにも単調である。一気呵成《いっきかせい》に自陣の駒で攻めるばかりで、こちらの出方を見ようとしていない。このまま黙って見ていれば、すぐに黒ツチの真意は現れるだろう。

漆黒《しっこく》の手袋に包まれた拳《こぶし》を肘《ひじ》の裏に隠すようにして腕組みしながら、シカマルは目前の会議の推移を眺めている。

「あの眼鏡《めがね》の男が出しゃばってこなければ、私たちはあの忍具を知らなかった。あの男の虚栄心《きょえいしん》のせいで他里に知れてしまったけど、木ノ葉はまだまだ私たちの知らない技術を密かに開発しているんじゃないの？」

必死な顔でナルトが答える。

「ど、どこの里だって、より良い暮らしのために、いろいろ工夫してるってばよ」

「あれは便利な道具じゃない。兵器よ。もしあの忍具が完成して、木ノ葉の全忍が着《つ》けていたらと思うと、私は皆のように冷静ではいられないの」

言った黒ツチの目が、ナルト以外の影忍たちを見た。

「あの忍具は、下忍《げにん》だってナルトになれる道具なのよ。あれがあれば、誰だって血継限界《けつけいげんかい》並の術を繰りだすことができる」

普通、忍はひとつの属性のチャクラを身中に宿《やど》しているのだが、血継限界の者はふたつ以上の属性のチャクラを有している。そのため、常人が努力しても使用できない術を、使うことができる。

常人と天才を隔《へだ》てる壁、それが血継限界だ。

「どうしてあんな忍具を開発する必要があるの?」

黒ツチの唇《くちびる》の端《はし》が奇妙に吊《つ》りあがる。冷酷な笑みに見据えられ、ナルトの喉が大きく上下した。

「木ノ葉は……」

「ちょっと、いいか」

黒ツチの言葉をさえぎるように、シカマルは部屋じゅうに響くように言った。右手をあげながら五影を見る。

肝心《かんじん》な一手を差すタイミングで割って入ったシカマルを、黒く輝く瞳《ひとみ》がにらんでいた。

――こんなところで詰《つ》まれるわけにはいかねーんだ。

心で黒ツチにつぶやくと、シカマルは目を伏せながら口を開いた。

「忍具の開発なんてのは、どこの里だってやってることだし、暮らしを日々進歩させようという行いは、人にとって当たり前のことだ。土影が言うように悪《あ》しきほうへと使用すれば、たしかにあの忍具は危険極《きわ》まりないものではある。が、平和利用することができないものじゃない。第一、強力な術を封じこめるのは、簡単なことじゃない。あの道具のせいで若者たちが鍛錬《たんれん》しなくなることを憂《うれ》うならまだしも、あれを軍事利用するなんて発想をするのは、あまりにも飛躍した考えじゃねーか？」

「まぁ、シカマルの言うとおりだな。あんな物はガキの玩具だ。本物の術には勝てねェ」

ダルイがつぶやいて、シカマルのほうを見ながら笑った。他里の忍でありながらも、長年ともに忍の将来について熱く語りあった仲である。里の者同様の絆《きずな》をシカマルは感じていた。

「本当に大丈夫なのでしょうか？」

机に肘を突き、組んだ掌《て》で顔の下半分を隠しながら長十郎が言った。

「なにが言いたい」

我愛羅が先をうながすと、横目で風影を見た長十郎がつづける。

「ボクたちが仲良くしている間に、どこか一国が皆を出し抜いていたとしたら？　そして、誰も太刀《たち》打《う》ちできない力を得るのに、もっとも近い国は？」

「長十郎、なに言いだすんだってばよ」

額に汗を滲ませ、ナルトが戸《と》惑《まど》いの声をあげる。

無理もない。

長十郎はつねに木ノ葉に友好的な立場を取ってきた。今回のような黒ツチに同調する発言ははじめてである。

しかしシカマルには、その裏が透《す》けて見えていた。

水《みず》の国である霧隠れの里は、鉱物がいちじるしく乏《とぼ》しい。鉄や銅などの常日頃《つねひごろ》から使用するものだけではなく、火薬の元になる硝石《しょうせき》など、忍に鉱物は付きものだ。

五大国に友好的な関係が築《きず》かれてからすぐに、霧隠れは岩隠れから鉱物を、岩隠れは霧隠れから良質な水資源を受給するという経済条約を締結《ていけつ》していた。

今回の黒ツチの動きも、長十郎となにかしらの密約があったのだろう。そう考えれば、長十郎の変心も納得《なっとく》できる。

国は情だけでは動かないのだ。

水影の眉間《みけん》に刻《きざ》まれている深い皺《しわ》を、シカマルは見逃さない。いつもと違う長十郎の言動と、表情を読み取られまいと手で顔を隠す姿に、彼の苦悩が滲んでいる。

「いったいふたりともどうしたんだってばよ。さっき言ったじゃねーか。これからはなにかあったらすぐに報告するって。オレを信じてくれ。もうこんなことは二度と起きねェようにするってばよ」

ナルトがふたりを交互に見ながら頼む。

木ノ葉の軍事力は五大隠れ里のなかでも群を抜いている。その力をちらつかせれば、もっと交渉はスムーズにいくのかもしれない。しかしナルトは決してそんなことはしない。

つねに誰とも対等であり、力でねじ伏せることを厭《いと》う。そういう男だからこそ、シカマルも絶対的な信頼を寄せている。

しかし……。

こういう時は、いささか心もとない。

それもナルトの魅力だと自分に言い聞かせながら、シカマルはじっと円卓を注視しつづける。

「大筒木の一件の裏で、サスケが働いていたでしょ？」

黒ツチが問う。

「本来ならあの男は、死ぬまで鬼燈城《ほおずきじょう》に囚《とら》われていてもおかしくない大罪人《たいざいにん》よ。第四次忍界大戦の原因のひとつが彼の暴走にあったことを、親友のあなたも知っているでしょう」

「その話は、とっくの昔に終わってるってばよ」

サスケのことになると、ナルトは冷静さを失う。たしかに黒ツチが言うとおり、うちはサスケは先の大戦のきっかけとなった大罪人である。しかし、サスケがいなければ第四次忍界大戦は終結しなかった。暴走の罪と収束の功《こう》の相殺《そうさい》による保護観察ということで、先の五影たちの間で話がすんでいる。この話についてはナルトの言い分が正しい。

それでも黒ツチは執拗《しつよう》に追及する。

「世界を滅《ほろ》ぼそうとした男を、木ノ葉はまだ飼っている。しかも大陸じゅうを歩き回らせて、諸国の事情を報告させているのよ。そんなスパイみたいな男を……」

「もう一回、いいか？」

シカマルはまた黒ツチを制するように手をあげた。そして、誰からの承知の意を聞きもせず勝手にしゃべりはじめる。

「偵察《ていさつ》は忍の重要案件だ。これもまた、木ノ葉だけでなく各里それぞれ、他里に内密に行っているだろう。それを咎《とが》めもしないし、見つけたからといって極刑《きょつけい》にもしない。捕らえた忍からは手に入れた情報を返してもらい、即時解放する。それがこの同盟の要綱《ようこう》のひとつだったはずだ。サスケの身柄《みがら》についてはナルトが責任を持つということで、各里が了承《りょうしょう》している。もしも土影が言うように、木ノ葉がサスケを使い、諸国に工作を働き、科学忍具を用いて軍事力の底上げを図《はか》り、いずれ他国侵攻《しんこう》を果たすのなら、それですべてが木ノ葉の思惑《おもわく》どおりにいくのか。答えは否《いな》だ。先人《せんじん》たちが築いた尊《たつと》い盟約《めいやく》を反故《ほご》にした木ノ葉を、大陸じゅうの里が許しはしないだろう。いくら木ノ葉であろうと、四大国と他の中小国をすべて相手にして勝てはしない。暴走への抑止力《よくしりょく》。それが、いまここにある同盟なんじゃないのか？」

目を閉じ、ダルイが何度もうなずいている。我愛羅も腕を組んだまま黙っていた。長十郎は眉間に皺を刻んだまま目を伏せ、シカマルから視線をそらし、黒ツチは歯噛《はが》みしながらこちらをにらんでいた。

「そんな詭弁《きべん》に騙《だま》されはしないわ」

絞《しぼ》りだすようにして黒ツチが言葉を紡《つむ》いだ。

そろそろ底を見せるはず……。

シカマルは黒ツチを見つめたまま待つ。

白く細い腕が机を叩いた。そのまま右手が持ちあがり、人差し指の先がナルトをさす。

「木ノ葉はあまりにも秘密が多すぎる。強国であるからこそ、私たちと協調してゆくつもりなら、それだけの誠意《せいい》を見せてもらわなければならない。もう二度とこの前のようなことがないという約束の証《あかし》として、私は木ノ葉の機密情報の開示を求める」

「なっ」

ナルトが言葉を失ったまま固まっている。

シカマルは腕を組んで壁に背を預けた。

機密情報の開示……。

木ノ葉を丸裸《まるはだか》にするつもりか。

「それが叶《かな》わないのであれば、岩隠れは同盟から抜けることも辞《じ》さない」

「ボクも少し考えさせてください」

長十郎が黒ツチに追随《ついずい》する。

「答えは次の会議の時に聞くわ」

ちらりとシカマルをにらんでから、黒ツチが退出する。それを追うように、長十郎と彼らの側近たちが部屋を出ていく。

「ちょ、ちょっと待ってくれってばよ……」

腰を浮かせたナルトが力なくつぶやく。

「ちっ、めんどくせー」

壁にもたれかかったまま、シカマルはひとりつぶやいた。

三

「久しぶりだなふたりとも」

火影の執務室《しつむしつ》の隣にある、みずからの仕事部屋で、シカマルは昔馴染《むかしなじ》みに声をかけた。

目の前に、白い面を着けた忍が立っている。背の高いほうが猿《さる》、低いほうが猫。背恰好《せかっこう》から明らかに、猿が男、猫が女であった。

「ほんとに久しぶりだシ」

猫面を外《はず》しながら、女のほうが言った。昔は長かったオレンジの髪が、いまは短く切りそろえられている。出会ったころは、忍者学校《アカデミー》を出たての娘のようだったが、十数年の歳月が、少女を女性に変貌《へんぼう》させていた。机に座るシカマルを見おろす瞳に、自信がみなぎっている。暗部《あんぶ》の中隊長として数々の修羅場《しゅらば》を潜《くぐ》りぬけてきたのであろう。

「まだ、シィ、シィ言ってんのか、ヒノコ」

「止《や》めろと言われて止められるものじゃないシッ。本当の名前は呼ぶなって前にも言ったシッ！」

「そうだったなヒノコ」

「だぁ、また言ったシ！」

懐《なつ》かしいやり取りに、シカマルの口許《くちもと》も自然とほころぶ。ヒノコには、暗部として〝鏃《ソク》〟という名がある。どうやら本名が嫌いらしく、その名で呼ばれると怒るのだ。そんなことは百も承知で、シカマルはヒノコと呼ぶ。

「いい加減にするでござる」

猿面を外しながら男のほうが溜息まじりにヒノコに言った。いかめしい四角い顎《あご》に太い眉《まゆ》。シカマルの記憶のなかにある黒かった髪には、白髪《しらが》が目立っている。

男の名は〝朧《ロウ》〟。シカマルよりひと回り以上も年長のベテランの忍である。

ふたりとは一度、ともに任務に就いたことがあった。

忘れもしない。

黙《しじま》の国でのことだ。

言葉だけで人を操《あやつ》る男、ゲンゴのもとに行き、黙の国で消息を絶ったサイを救出するために、シカマルは木ノ葉の誰にも告げずにふたりとともに旅立った。捕らえられ、籠絡《ろうらく》されそうになり、テマリの救援で目覚めたのも、いまでは懐かしい思い出である。

暗部とスリーマンセルで働いたのは、後にも先にもあの一度きりだった。

朧も鏃も、現在は中隊を率《ひき》いる上忍《じょうにん》である。平和な世になり、暗部も数を絞られる時代だ。現場で働くふたりのような忍は貴重だった。シカマルは半《なか》ば無理矢理に、ふたりの予定を空《あ》けさせて、この場に立たせている。

重要な案件だ。

信頼のおける者にまかせたい。

「シカマル殿《どの》はいまや木ノ葉のナンバーツーでござる。気安く接すると厳罰《げんばつ》ぅーに処するでござるよ」

朧が口をとがらせて、やけに〝厳罰ぅー〟のところを強調して言った。シカマルは右の眉を吊りあげながら、ヒノコを見た。

「相変わらずか、このオッサンは？」

「ナンバーツーと厳罰を掛けたみたいだシ」

呆《あき》れ顔《がお》でヒノコが言うのを、朧が強張った笑みで聞いていた。この中年忍は、下手なダジャレを言う癖がある。ヒノコが本名を聞かれると怒ることは覚えていたが、こちらは忘れていた。朧がドヤ顔になったのを見て思いだしたのである。その時点では、いったいどこがどう掛かっていたのかわからなかったが、さすが同僚のヒノコは瞬時に理解していた。しかし、わかってもまったく面白《おもしろ》くない。

苦笑いでシカマルは朧の健闘を称《たた》える。するとヒノコが、いまの件をいっさい無視するような真面目《まじめ》な顔で問うてきた。

「久しぶりにこの面子《めんつ》が集まったってことは、面倒な仕事があるってことなんでしょ？」

「あぁ」

シカマルは手袋に覆われた右の掌で口許にふれた。そして、厳しい目付きのまま、ふたりを見つめる。

「どうも岩山のあたりがキナ臭《くさ》くなってきやがったんでな。マグマの度合いを調べてきてもらいてェんだ」

「ほう」

朧の太い眉が引き締まる。ヒノコのほうは、オレンジのルージュを塗った唇に笑みをたたえた。岩山と聞いただけで、ふたりは岩隠れであることを悟《さと》っている。

「キナ臭いなんて言葉、久しぶりに聞いたシ」

言ってオレンジ色の爪《つめ》で、短くそろえた前髪をかき上げる。

たしかに忍界大戦以降、いや五影が手を取りあって以降、他国間の争いは極端に減った。異《こと》なる共同体であるから、ちいさな摩擦《まさつ》程度のことは日常茶飯事《さはんじ》だが、各自が協調を第一に考えているため、一度も大事には至《いた》っていない。

だからこそ……。

ほころびる時は一気にほころびる。

安定は硬直を生む。硬直は瞬時の反応を不可能にさせる。強烈で鋭い一撃が加われば、ちいさな欠片《かけら》が次から次へとこぼれ落ち、みなが信じていた平和は幻想であったと知ることになる。

不安の芽は早いうちに摘《つ》んでおかなければならない。

「先の会談でなにかございましたか」

勘《かん》の鋭い朧が問うてきた。シカマルはうなずきで答えてから言葉を継いだ。

「土影が妙な提言をしてきやがった」

「提言と申すは？」

「木ノ葉の機密情報の他里への公開」

「はっ。そんなことできるわけがないシ。機密があってこその隠れ里だシ。影を務《つと》める忍の言うことじゃないシ」

ヒノコの言うとおりである。里を統《す》べる者として、黒ツチの提言はあまりにも非常識なものだ。自国の機密を晒《さら》すということは、里として敗北を認めたに等《ひと》しい行為である。黒ツチは愚《おろ》かな女ではない。そんなことは百も承知で、あんな発言をしたのだ。

いったい何故？

黒ツチの打ったあまりにも無謀《むぼう》な一手に、シカマルは違和感をぬぐいきれない。

かならず裏になにかある。

もし己が黒ツチだとしたら……。

攪乱《かくらん》。

あえて悪手《あくしゅ》を打ち、盤上を乱す。

黒ツチが望んでいたのは、木ノ葉の機密公開などではなく、あの時の会議の空気そのものだったのではないのか。

そこまで考えて、シカマルの思考は止まってしまう。

五大国の和を乱す真意が見えない。

おそらく岩隠れはなにかを隠している。それが見えなければ、次の一手が打てない。このまま手をこまねいて次の会議を待っていては、いつまでも後手《ごて》後手《ごて》に回ってしまう。

この勝負での敗北は許されない……。

悪い予感が、あの会議の時からシカマルの心を支配している。

「火影様はきっぱりと断《ことわ》ったのでござろう?」

土影の無理難題に興奮したのか、鼻の穴を大きく広げて朧が問う。

「いいや」

「何故《なにゆえ》にござるっ」

「このまえの中忍試験でのボルトが使った科学忍具、そしてその後の大筒木の襲来、おまけにサスケのスパイ活動まで引っ張り出してきて、木ノ葉が他国を出し抜こうとしていると詰め寄られて、弁解するのに必死だった。無理もねェ。あれだけまくしたてられたら、誰だってそうなる。最初から土影はこちらの話なんか聞こうとしていなかった。今度の会議までに答えを用意しておけと言《い》い放《はな》って、さっさと退出してしまう始末だ。さすがにあれじゃあ、どうしようもねー」

「どうしようもない女だシ」

溜息まじりにヒノコが吐き捨てた。

黒ツチは若いころはともに議論を交《か》わしあった仲である。決して〝どうしようもない女〟ではない。そのあたりのところを弁護してやりたかったが、これから岩隠れに潜入させようというふたりに言うことではないと思え、シカマルは話を先に進めた。

「どうして岩隠れがこんなことを言いだしたのか、どうも腑《ふ》に落ちねー。だから調べてきてほしい」

「岩隠れの里の内情を、でござるか」

「そうだ。きっとなにかある」

確信に近い想《おも》いだった。

「でも……」

澄《す》んだ声を吐いたヒノコが、腕を組んで虚空《こくう》を見つめる。シカマルは有能な暗部のくノ一に視線をむけて、言葉を待つ。

「もしアンタが言うとおり、岩隠れにキナ臭い事情があるのなら、潜入は難しいかもしれないシ。すでに敵が戦時態勢に入っていたら、里内の警護は厳重なはずだシ」

「だからこそ、お前たちを選んだんだ」

「なっ」

頬を赤くしてヒノコがシカマルを見た。

「お前たちと一緒に、黙の国に潜入したのは誰だ？　オレが一番、お前たちの力をわかってるつもりだ」

「ここまで買われては、嫌《いや》とは申せませぬな」

朧はチャクラを自在に操ることができる。他者のチャクラへの偽装《ぎそう》、周囲の仲間まで含めたチャクラの抑制。使い道は多岐《たき》にわたる。彼の術を使えば、厳重な警護でも難なくすり抜けられるはずだ。

そしてヒノコは、爪の先から放つチャクラの微細《びさい》な針で、標的のチャクラを断《た》つことができる。いわば天才的なヒットマンである。見張りの目のチャクラを一時的に断てば、相手を十全に務めを果たしている気にさせながら、目の前を歩いて通ることもできるのだ。

「策はもうひとつ講《こう》じるつもりだ」

「これ以上の増援は、かえって邪魔《じゃま》になるシ」

「実働はお前たちにまかせる。動くのはオレ自身だ」

「エッ！」

ヒノコが思わずといった様子《ようす》で声をあげた。この娘は大人になっても、意表を突かれて声をあげる癖が治らないらしい。黙の国での騒動が落着した後、シカマルはテマリをはじめてデートに誘った。ヒノコもその場にいたのだが、シカマルがテマリに声をかけた途端《とたん》、暗部のくノ一というよりは年頃の娘のようになって、キャッと短く叫んだ。その時の声が、やけに印象に残っている。しかしそれで大きな失敗をしたということも聞かないから、任務の時はさすがにわきまえているのだろう。

「オレも岩隠れに行く」

「拙者《せっしゃ》たちについてこられると申されるか？」

「いや、オレは正面から正々堂々と岩隠れに行く。しばらくオオノキの爺《じい》さんと将棋《しょうぎ》を指してねぇし、すでに手紙は出してる。返事なんか待たずに押しかけちまっても、あの爺さんは悪態ひとつ吐《つ》いて許してくれるさ」

「なるほど……」

朧が幾度もうなずく。

「木ノ葉のナンバーツーであるシカマル殿が来るとなれば、警護の目もそちらにむく。その隙《すき》に我等《われら》は里に潜入せよと申されるのでござるな」

「そのとおりだ」

ヒノコが口をとがらせる。

「そんなことしてもらわなくても、私たちだけでやれるシ」

「違うんだヒノコ。オレが直接、爺さんに確かめたいんだ」

「だっ、だからヒノコって言うなシッ」

「自分で言ってんじゃねぇか」

「うるさいシッ」

「止めんか鏃！　まぁキノコでも食べて落ち着かんか」

「無理矢理キノコを引っ張りだして、ヒノコと掛けようとするなっ。無理があるシッ。最近オッサンのダジャレ、ますますクオリティがさがってるシッ」

「ぐなっ……」

こういう緊張した場で気が抜けるふたりだからこそ、難しい任務を頼むことができる。

「頼んだぞふたりとも」

「勝手にまとめるなシッ」

シィ、シィうるさいヒノコに苦笑いを浮かべながら、シカマルはとりあえずうなずいていた。

ふらりと他里に行くことができない……。

シカマルはあらためて自分の立場というものを痛感していた。

三か月ぶりの休暇をもらい、岩隠れの里へ単独でむかったのだが、里の境《さかい》に差しかかるとすぐに出迎えの忍たちが現れた。警護のためという名目ではあったが、かなり前から監視されていたことはわかっていた。

四

黒ツチへの面会は求めない。あくまでプライベートである。オオノキの隠居所を訪ねるということを明確に告げてもなお、岩隠れの忍たちの目から疑いの色は消えなかった。緊張した面持《おもも》ちでシカマルを先導《せんどう》する男たちを見ていると、やはり会議の席での黒ツチの行動が、深慮《しんりよ》の末のことであることを実感させられる。

すでに岩隠れは、非常時に突入しているのだ。

黒ツチからの横槍《よこやり》が入ることなく、シカマルは素直にオオノキの隠居所に案内された。

土間を上がって客間と寝室のみがあるだけのちいさな家だ。老《お》いぼれひとりが住むには十分だとオオノキは笑う。華美《かび》を誇《ほこ》ることなく、務めを終えたあとの人生をつつましく過ごす先代土影に、シカマルは本当の忍の姿を見た心地がした。

「爺さん、王手だって」

将棋盤をはさんでむかいあうオオノキに、シカマルは幾分《いくぶん》声を張って言った。オオノキはこのごろ、耳が遠くなっている。普通に話すと聞こえない。

「む……」

王より五マス先にある飛車をそのままにして、オオノキがみずからの金をシカマルの自陣へと打ち込んだ。攻め手に集中しすぎて、王手であることに気づいていない。どうやらシカマルの声も聞こえていないらしい。

「おい爺さんッ！」

盤上をにらむようにして顔を伏せるオオノキへ、叫ぶようにして言った。

「なんじゃ？」

さすがに気づいたオオノキは、伝説の土忍と呼ばれたころを彷彿《ほうふつ》とさせるような眼光鋭い目でシカマルをにらんだ。

「王手だって。このままじゃ……」

そこまで言った時、オオノキが飛車の存在に気づいた。

「ワシとしたことがッ！　こりゃしくじった。待ったじゃぜ」

「待ったは無しだって言っただろ」

「こいつは単純な見過ごしじゃぜ。許してくれてもよかろう」

「オレは何度も王手だって言ったぜ。それを無視した爺さんが」

「ぬがぁッ！」

眉間に深い皺を刻みながら、オオノキが足の付いた将棋盤を底からひっくり返した。立ち上がって、荒い鼻息をふたつみっつ吐いてから、シカマルにむかって人差し指を突き立てる。

「もう一遍《いっぺん》じゃぜ」

「大丈夫かよ……」

頭をかきながら問うシカマルに、岩隠れの老忍は肩をいからせてうなずく。

「今日は泊まってゆけるのじゃろ。じゃったら、時間はまだまだある。何遍でも相手になってやるわい」

「おいおい、相手になってやるって……。こっちの台詞《せりふ》だろうが」

「なんか言うたか！」

「別に」

勝負に熱くなると、さすがに昔の血が騒ぐのだろう。老いてすっかりちいさくなったオオノキの身体に、覇気《はき》がみなぎってゆく。

先代土影の壮健《そうけん》さを嬉《うれ》しく思いながら、シカマルはひっくり返された将棋盤を元に戻し、駒を拾い集める。

「あのよぉ」

「なんじゃぜ」

聞こえている。というより、気が張ると耳がよくなるのかもしれない。いや、都合《つごう》が悪いことを聞かないようにしているのか。では、先刻の王手の見過ごしはどうなるのだ？

老いたとはいえ元土影である。気さえ満ちれば、声は届くのだ。シカマルはそう思うことにした。

シカマルは、よどみない所作《しょさ》ですみやかに駒を並べてゆく。そして、目を盤上に落としながら、先代の土影に問うた。

「岩隠れはいったいどうしちまったんだ？」

オオノキの気が揺らいだ。

動揺ではない。

引き締まった。

この時期でのシカマルの来訪。

おそらくオオノキも、将棋だけをしに来たのではないことはわかっていたはずだ。

核心……。

ふたりの間に、立ちあいに似た剣呑《けんのん》な気配が満ちる。

シカマルは押す。

「この前の会議の席で、あんたの孫娘が木ノ葉の機密を開示しろと言いだしたのは知ってるだろ?」

オオノキは黙っている。

すでに駒は綺麗《きれい》に並べ終えていた。それでもふたりは、盤上を見つめたまま、二回戦を始めようとしない。

「黒ツチの発言に、霧隠れの水影が同調ともとれる動きを見せた。霧隠れの長十郎は、もともと木ノ葉に好意的だった。岩と霧は、水と鉱物を双方に依存《いぞん》している。そのあたりのことが関係しているんじゃねーのかと、オレは見ているんだが」

「ワシはもう引退した身じゃぜ。里のことは孫にまかせとる」

けわしい顔つきでオオノキがつぶやいた。

シカマルは膝《ひざ》の先に置かれた灰皿を指で引き寄せて、胸ポケットの煙草を取りだす。うつむいたままのオオノキを見つめながら、煙草の先に火を灯《とも》した。

ゆっくりと吸い、紫煙《しえん》を吐きだしてから問う。

「アンタほどの人が、なにも知らないわけはねェ。木ノ葉のオレに聞かせられねェことが、いまこの里では起こってるってことなのか？」

「どうした、もう止《や》めるのか」

言ったオオノキが、己の歩《ふ》を手に取った。そしてひと言《こと》、ぽつりとつぶやく。

「どれだけ平和な世になっても、忍は忍じゃぜ」

老忍の言葉と、隠居所の扉が開くのは同時だった。ふたりの静かな語らいを邪魔するように、黒いヒールの踵《かかと》が土間を踏み鳴らす。客間と土間をへだてている障子戸は開かれたままだった。客間へとつづく上《あ》がり框《がまち》の前に、すらりとした黒衣の女が立つ。

「黒ツチ……」

シカマルは女の名を呼んだ。

「来るのなら前もって報せてよシカマル。いきなりだから十分な迎えも出せなかったじゃない」

腰に手を当て、スリットから白い足を覗《のぞ》かせながら、黒ツチはシカマルを冷淡に見おろす。その口許に浮かぶ薄ら笑いが、やけに邪悪《じゃあく》に思えた。

「久しぶりに休暇をもらってよ。最近、爺さんと将棋を指してねーなと思ったら、いてもたってもいられなくなって来ちまった。息子はゲームばっかで相手してくれねぇし、最近、対局相手に飢《う》えてんだよ」

「あら、そう」

黒ツチは靴を脱ごうともせず、土間に立ったままシカマルを見おろしつづける。そんな孫のほうを、オオノキは見ようともしない。ふたりの間に、シカマルには計《はか》り知《し》れない軋《あつ》轢《れき》があるようだった。

血継限界を有する孫娘を土影にすべく鍛《きた》えあげたのは、オオノキである。いまの黒ツチは、オオノキによって作られたといっても過言ではない。ふたりの間には祖父と孫という関係以上の、忍としての強固な絆があったはずだ。

いったいなにがあったというのか……。

「ねぇシカマル」

目を見開き黒ツチが語りかける。

シカマルは座ったまま、酷薄《こくはく》な視線を正面から受け止めつつ、灰皿に煙草を押しつけた。

「なんだ?」

「先代からなにを聞こうとしていたの?」

「どういうことだ」

「惚《とぼ》けないでよ」

ふたりの視線の間で、オオノキが目を伏せ固まっている。

「この前の一件について、探りを入れに来たんでしょ？」

「交渉なら、木ノ葉の忍として正式に申してるさ。誤解するなよ。今日は本当に爺さんと将棋を指しに来ただけだ」

「じゃあ、こちらから聞くわ」

黒ツチが両手を広げた。

「木ノ葉は私の申し出を受けるの？　それとも断るの？」

なにを焦《あせ》ってるんだ……。

シカマルは心のなかで黒ツチに語りかける。

黒ツチは、明晰《めいせき》な頭脳を持った女だ。

こうしてシカマルが単身、岩隠れに乗りこんできたとしても、本来ならば黙って見過ごす。まだまだ勝負は序盤。こんなところで攻めを急いでも、いいことなどひとつもない。

「いま協議中だ」

「そんな大事な時にこんなところにいていい人じゃないでしょ。アナタは」

皮肉めいた口調で、黒ツチが吐き捨てる。

「たまたま休暇をもらったんだ」

「貴重な休みをこんなことに使っていいの？」

「家に居場所がないんだよ」

「あら可哀相《かわいそう》」

「放っておいてくれ」

「昔の同志を放っておけるわけないでしょ。私からテマリに言ってあげましょうか？」

「余計にこじれるから止めてくれ」

ただでさえ結婚記念日の一件でもめている最中なのだ。

「あら、テマリとは仲がよかったのよ私」

「そういう問題じゃねェんだ。家族ってのはいろいろあるんだ」

「ふーん、ご愁傷《しゆうしよう》さま」

「うるせー」

愚《ぐ》にもつかない言葉の応酬《おうしゆう》を淡々《たんたん》とつづける。その間、ふたりは一度も視線をそらさない。

「やっぱり帰ったほうがいいんじゃない？」

「そうかい」

シカマルは立ち上がった。

「すまねーな、爺さん。今日は帰るぜ。いろいろと落ち着いたら、また相手になってくれよ」

「待っとるじゃやぜ」

盤上を見つめたままオオノキが言った。力のない言葉の裏に、平和を望む老忍の哀愁《あいしゅう》が滲んでいる。

上がり框に座り、靴を履《は》く。間近に黒ツチの気配を感じながら、淡々と立ちあがる。

「邪魔したな」

肩越しに言った。

「道中、気をつけて」

黒ツチの声に悪意はなかった。

五

木ノ葉に戻るとすぐに、シカマルは仕事に戻った。もともと、無理矢理ねじこんだ休暇である。里でぼんやりしている暇は、シカマルにはなかった。

休暇の間も、里は動いている。休んでいるからといって、仕事が待ってくれるわけではない。岩隠れに行く際、綺麗に片づけていたはずのシカマルの机の上には、崩《くず》れ落《お》ちそうになっている書類の山がみっつ築かれていた。たかだか三日空けただけでこれである。身体を壊したらと思うと、背筋《せすじ》が寒くなった。

「決裁の形を考え直さねェとな」

火影の相談役であるシカマルの最終印《いん》が必要な事柄《ことがら》が、多すぎる。ここにある書類の半分は、シカマルが目を通した後に、ナルトへと回る。そうやって里が日々の暮らしを営《いとな》んでいるのだと思うと、文句も言っていられないが、もう少し制度を改めなければ、あまりにも火影や自分の負担が大きすぎる。現状では、ふたりに不測の事態が起こると、里の諸事が停滞《ていたい》してしまう。有能な人材を抜擢《ばってき》し、もっと決裁を分散させるべきだ。

次から次へと書類に目を通して印を捺《お》してゆく。一枚にかかる時間は、数秒程度だ。各部署《ぶしょ》の者が真剣に仕事にむきあった結晶の、書類である。一枚一枚、びっしりと文字が記《しる》されていた。真っ黒な紙面を、数秒で理解し、認可、不認可の印を捺す。不認可の理由をあとで聞かれた際にも、しっかりと矛盾点《むじゅん》や不備を指摘《してき》できるように、内容はすべて頭に入っている。

こんなものは慣れだ。

毎日毎日、書類を目で追っているから、自然と読む速さがあがった。ただそれだけのことである。

こういう雑技にばかり長《た》けてゆく……。

忍の根本である忍術のほうは、どれだけ修練を重《かさ》ねても自己満足の域《いき》を出ない。任務に就かなくなってすでに十年以上が経過している。実戦で試せないのだから、判断のしようもなかった。

術の冴《さ》えは、もしかしたら息子のほうが、上かもしれない。

いやいや、まだ父として負けてはいないはず。

いまいち自信が持てない。

「水道部からです」

「そこに置いておけ」

声のしたほうを見もせずに答えた。シカマルの執務室には毎日、二百人を超す人が出入りする。そのひとりひとりと会話を交わしていると、それだけで結構《けつこう》な時間を必要とした。だから普段はこうして簡潔にすませる。

書類の内容を頭に入れながら、頭の別のところで岩隠れのことを考えていた。

黒ツチに邪魔をされたせいで、オオノキからはなにも聞けなかった。しかし己の訪門は、あくまで陽動。本命は密かに潜《もぐ》りこんだ朧と鎌のチームである。いまだ報せが来ないということは、うまく潜入できたのだろう。

黒ツチがなにかを隠していることは間違いない。確信に近い勘だった。

「シカマル様」

書類の山のむこうから女の声がした。

「なんだ?」

衛生部からのゴミの集積に関する陳述書へ印を捺しながら、シカマルは答えた。もちろん目は書類にむけたままだ。

「ちょっとよろしいですか」

衛生部の書類を決裁済《けっさいずみ》の箱に投げ入れながら、書類の山へと目をむけた。うずたかく積まれた紙の間に、髪をふたつに束ねた若いくノ一が立っている。

風祭《かざまつり》もえぎ……。

シカダイのチームを担当する上忍だ。

息子になにかあったのか。

手を止め、数時間ぶりに椅子にもたれかかる。

「どうした?」

息子の名はあえて出さなかった。もえぎが見ているチームには、息子だけではなくチョウチョウやいのじんもいる。息子、息子と目をゆるませる親バカにだけは、死んでもなりたくなかった。

「シカダイのことなんですけど」

しかし、もえぎが相談役の手を止めてまで会話を求めるということは、こういうこと以外にありえない。鼻からひとつ息を吐き、シカマルはまっすぐに、もえぎを見あげた。

「指導役はお前だ。忍としてのシカダイは、お前に一任している。オレが口を出すことじゃねー」

「そう言ってくださるので助かっています。ですが、今日は少しお話をさせていただけませんか?」

なるほど……。

父親の耳に入れておかなければならない事案だということか。

もえぎは意志の強そうなつぶらな瞳を輝かせながら、語りはじめる。

「中忍試験以降、シカダイたちは注目されるようになりました。このところ、Bランクの任務も増《ふ》えてきています」

中忍試験の本戦は、中忍資格を認めるためだけに存在するわけではなかった。本戦には木ノ葉隠れの里だけではなく、他里の忍も大勢訪れる。さらに、火《ひ》の国をはじめとした大《だい》名《みょう》や諸国の要人たちも、有能な仕事相手を選ぶために足を運ぶ。内外の者たちが、各忍の能力をじかに見定《みさだ》める場でもあるのだ。忍として大成するためには、中忍試験の本戦で際《きわ》立《だ》った活躍をすることが最短の道であった。

シカダイは、砂隠れの我愛羅の秘蔵っ子であるヨドを巧《たく》みに策に嵌《は》め、影縛《かげしば》りの術で勝利をおさめた。それが評価につながったようだ。

有り難《あがた》いことである。

「今回、クライアントのたっての希望ということで、Sランクの任務が回ってきたんです」

「いきなりSランクか」

忍の任務はS、A、B、C、Dとランク別に分類されている。最上位にあるのがSランクだ。通常、Sランクの任務は上忍が務めることになっていた。まだ中忍にすらなれていないシカダイたちが、受けられる任務ではない。それを〝たっての希望〟で、受けさせることができるということは、クライアントはかなりの大物であろう。

「できるのか？」

「Sランクではありますが、やることは大名の親族の身辺警護です。難しいものではありません」

「身辺警護を装《よそお》って、罠《わな》に嵌めるということもある。油断《ゆだん》はするな」

「油断することはありません」

もえぎは、こういう不用意な発言をするような忍ではなかった。どうも様子がおかしい。

シカマルは顎の先の髭《ひげ》に手を当てながら、厳《きび》しい目で問う。

「なにかあったのか」

「シカダイが任務を断りました」

「なに？」

「私がなにを言っても、かたくなに〝めんどくせー〟と言うばかりで……。チョウチョウやいのじんが諭《さと》しても、聞く耳を持たず……」

息子は、そういう我《が》を張るようなタイプではない。我儘《わがまま》はテマリが最も嫌う。だから幼いころから、シカダイは人のことを考えずに我を張ることについてはしっかりと叱《しか》られてきている。

何故だ。

「シカマル様がなにかご存じないかと思いまして……」

申《もう》し訳《わけ》なさそうに、もえぎが目を伏せた。

家族でなにかあったのか？

そう問うているのだ。

ない。

いや、妻とは冷戦中である。結婚記念日の埋めあわせをすると言っておきながら、いまだになにもしていない。夫婦の会話は必要最小限に留《とど》まっている。それを家族内の異変といえば、そうなのかもしれない。

だが、ちょっと待て……。

そんなことでせっかく訪れたチャンスを棒に振るような、愚かな息子なのかシカダイは。

違う。

絶対に違う。

いつもの夫婦《ふうふ》喧嘩《げんか》である。そんなことで心をはげしく揺さぶられるほどに、シカダイは幼くない。

「いいや、なにも聞いてねー」

「そうですか」

「その任務は、どうなった？」

「依頼主は強硬に私たちにと言ってきたらしいのですが、渉外部《しょうがいぶ》が説得して、別のチームを派遣《はけん》することになったそうです」

そこも引っかかる。

どうしてそこまで強硬に、シカダイたちにやらせたがったのか。

「シカマル様のほうからも、シカダイに聞いてみてくださいませんか」

「わかった。面倒をかけてすまなかった」

「いえ」

深々と頭をさげて、もえぎが退出した。

立ちあがり、屋上にむかう。

寝転がって煙草に火を点《つ》けた。

「ったく、なにがあったんだ」

岩隠れの異変に、膨大《ぼうだい》な雑務。そこに息子まで……。

空に浮かぶ雲がぐるぐると回っている。

目が回る忙しさ……。

「そのとおりだ」

煙草をくゆらしながら、シカマルはぼんやりとつぶやいた。


雑務から解放され帰宅したのは、真夜中になろうとするころだった。

すでにテマリもシカダイも眠っている。

静かに廊下を歩き、息子の部屋の障子戸をゆっくりと開いた。

「おい、シカダイ」

盛りあがっている布団に声をかけた。

「なんだよ」

背中をむけたまま、息子が眠そうに答えた。

「お前、Sランクの任務を断ったそうだな？」

無言。

「どうしてだ？」

無言。

「答えたくねー理由があんのか？」

無言。

「おい、聞いてんのか」

「聞いてる」

声に力がない。眠っていたからなのか。それとも、後ろめたいことがあるからか。仕事に追われ、家族と触れあう時間のないシカマルには、日々複雑になってゆく息子の心の微妙な揺れがわからない。

「なんで、任務を……」

「めんどくせーんだよ」

「なに？」

つい声に怒《いか》りが籠《こも》る。

「めんどくせーから断ったんだよ」

「そんな理由で……」

「そのくらいにしてやれ」

突然、背後からテマリが声をかけてきた。肩越しに見ると、妻が穏《おだ》やかな視線をこちらに投げていた。

「シカダイにもいろいろある。明日も任務で朝早いんだ。今日は寝かせてやれ」

深い溜息を吐《つ》き、心を落ち着ける。

「おやすみ」

背をむけたままの息子に声をかけた。

返事は返ってこなかった。

六

七日に一度、里の多くの人は休みを取る。シカダイたち現場の忍も、任務に就いていない時は原則、自宅待機という名目で休みを取ることになっていた。しかしシカマルには、休息日はない。皆が休む日にも、執務室へと行き仕事をこなす。日頃、手を付けることのできない書類を整理し、さまざまな報告書を仕上げるためだ。

それでも休息日だけは昼に家を出る。あえて言うならば、この休息日の午前中だけが、シカマルの唯一《ゆいいつ》の休息であった。

文句を言ってはいられない。火影であるナルトも、シカマルと同じ生活サイクルを過ごしている。ナルトの場合は、ここに各国の要人たちとの面談などという煩雑《はんざつ》な実務もあるから、その仕事量は尋常《じんじょう》ではない。だからナルトは、つねに数人の影分身《かげぶんしん》を使っている。この前、家族の大事なイベントの最中に、息子に影分身であることがばれたと苦笑いを浮かべながら言っていた。

そんな火影のことを思うと、忙しいなどと文句を言っていられない。自分よりも忙しく働いているヤツがいるのだ。いまよりもっと、ナルトの力になりたい。火影の相談役になってから、シカマルはつねにそう思っている。

朝飯《あさめし》を喰い終えて家を出るまでの束の間《つかま》の時間を、シカマルは縁側《えんがわ》で過ごす。

今日《きょう》も、ほがらかな午前中の太陽の光を受ける木々を眺めながら、なにも考えないひと時を味わっている。

「シカダイの件なんだが」

とつぜん背後から声をかけられて、シカマルは顔だけで茶の間を見た。いつの間にかテマリが座っている。神妙な面持《おもも》ちで、濃《こ》い茶の注《つ》がれた湯呑《ゆのみ》を見つめていた。縁側に座ったまま尻《しり》を回して、テマリのほうをむく。

「あいつは？」

「ボルトたちと遊ぶとか言って、朝早くに出かけていった」

忍として任務をこなしてはいるが、まだまだ子供である。忍でない里の子なら、毎日友達と遊んで気楽に生きている年頃なのだ。

「任務を断った件なんだが」

やはりそのことか……。

姿勢を正して、テマリが語りだすのを待った。湯呑に顔をむけたまま、視線をシカマルにむけて、妻がゆっくりと語りだした。

「その依頼主、本当はお前に近づきたかったらしい。火影の補佐であるお前との縁を築きたくて、あえてシカダイの班に任務を依頼したそうだ。それをシカダイは誰かから聞いたらしくて、それで……」

「なんだと?」

テマリの言葉が、胸を刺す。

まさか自分の立場が、シカダイの仕事に影響を及《およ》ぼすとは。まったく頭を過《よぎ》らなかったといえば嘘《うそ》になる。しかし常日頃から、木ノ葉の人間には息子を特別扱《あつか》いするなと厳しく言っておいた。

他里の者が自分にすり寄ってくるために、シカダイを利用するとは思いもしなかった。

「それで、その依頼主ってのは」

「シカダイも知らないらしい。ただ、どこかの小国の要人らしいとは言っていた」

火の国のような大国の力を借りようとする小国は、無数にある。依頼主に、なにがしかの下心があったのは間違いない。

「だから、オレに言わなかったのか」

知らぬうちに息子を傷つけていた。シカマルに直接的な非はない。だが自分の存在が、シカダイの忍道に水を差したのは事実である。

「くそッ」

「あいつを責めないでやってくれ」

「わかってる」

喉の奥から重い声を吐きだした時、テマリが庭のほうに目をむけた。

「客だ」

振り返るまでもない。庭の生垣《いけがき》のむこうに気配がくぐもっている。あきらかにこちらに悟ってもらおうとしている。

オレンジ色のチャクラだ。

ヒノコ。

岩隠れから戻ってきたのだ。

「このことはまた改《あらた》めて話そう」

言って腰をあげた。

テマリは無言のまま立ちあがり、壁に掛けてあるシカマルの上着を取った。そして夫の背後に回り、手慣れた仕草で上着をきせる。

「行ってくる」

「あぁ」

妻の声が、ずいぶん柔《やわ》らかくなった。

本当に埋めあわせを考えなければ……。

思いながらシカマルは、玄関の敷居《しきい》をまたいで外に出た。


休息日の午前中の公園は、子供と遊ぶ父親たちで溢《あふ》れていた。

シカダイとあんな風《ふう》に遊んだことは、数えるくらいしかない。

いつもいつも仕事ばかり。

シカマルの目はつねに外にむいていて、家族を見ようとしてこなかった。その結果、シカダイの心を傷つけた。どう謝ればいいのか、見当もつかない。オレのためにすまなかったと言っても、聡《さと》い息子のことである、シカマルが悪いわけではないことは、十分承知しているだろう。意味を成《な》さない謝罪など、余計に息子を傷つけるだけである。そうなるくらいなら、謝らないほうがいい。だからといって、放っておくわけにもいかない。

「家族ってめんどくせーな」

椅子《いす》に腰かけながら、シカマルは隣の椅子に座るヒノコに言った。

「親とは別に暮らしてるし、自分の家族はまだいないからわからないシ」

ぶっきらぼうに答えるヒノコの目は、公園で遊ぶ親子にむけられている。執務室で報告を聞く気になれなかったから、家の近くの公園を選んだ。親たちは子供に夢中で、ほどよい喧噪《けんそう》もあるから、盗み聞きされる心配はない。

「お前も親になってみろヒノコ。もう母親になってもいい歳頃《としごろ》だろ。まぁ、そうなると木ノ葉にとっては損失なんだがな」

「いまの発言、セクハラだシ」

「そうか？」

「そうだシ」

「なんかすまん」

「反省してないシ。名前で呼ぶなって何遍も言ってるシ。あんたわざと言ってるシ」

言ってヒノコが笑った。シカマルもつられて笑う。

「岩隠れの件」

つぶやいたヒノコの顔が、ふたたび引き締まる。シカマルは、桃色《ももいろ》のボールを投げあっている父親と娘を眺めながら聞く。

「前回の五影会談の黒ツチの行動には、土《つち》の国が絡《から》んでる」

「大名か」

ヒノコがうなずく。

キナ臭さを感じたシカマルの勘は、どうやら間違っていなかったらしい。

「土の国の隣に、華《はな》の国という国がある」

「国の名前にもなっているとおり、花が特産の小国だろ。たしか大名が民《たみ》に優しくて有名で、小国の割には住みやすいって話だったな」

「華の国の土壌《どじょう》は豊かだ。花を特産品にしているのも、作物が十分に育つ土があってこそだシ」

その華の国と、今回の黒ツチの態度がどう関係してくるのか。

「一方、土の国は国土の大半が岩山で、作物を育てるのは難しい。痩《や》せた土地でも育つ芋《いも》なんかを合わせて、やっと国民に食べ物が行き渡る程度だシ。だから多くの食糧を、潤沢《じゅんたく》に採《と》れる鉱物による貿易で他国から買いつけてる」

「その程度のやりくりは、どこの国だってしてる」

「でも、隣に自分たちより弱くて、自分たちが持っていないものを持ってるヤツがいたら、欲《ほ》しくなるシ」

「まさか」

思わずシカマルは目を見開いてヒノコを見た。口を真一文字《まいちもんじ》に引き結んだまま、若い暗部のくノ一は一度だけうなずいた。そして、核心を口にする。

「土の国は華の国を攻めようとしている。もちろん軍事力は、岩隠れの忍たちだシ」

「それで、黒ツチは五影の協調にヒビを入れようとしたってわけか」

うなずいてからヒノコは語る。

「華の国は古くから、雷《かみなり》の国と同盟関係にある。かつて、華の国が千年に一度の凶作に見舞われて、雷の国が国をあげて助けたそうだシ。その縁で、いまでも両国の親密な関係は揺らいでいない」

「土の国が華を攻めれば、雷の国……。ひいては雲隠れの里が黙っていないというわけか」

シカマルの頭がめまぐるしく回る。思考に導かれ、口から言葉がこぼれだす。

「土の国が華の国を攻めると言えば、岩隠れは従わざるをえない。岩隠れの暴走を、他の影たちは黙ってないだろう。なかでもダルイは、敵対すら辞さぬ覚悟で黒ツチと相対《あいたい》するはずだ。五影同盟が盤石《ばんじゃく》なままでは、黒ツチは孤立《こりつ》する。だからあえて木ノ葉をやり玉にあげた。会談の前にあらかじめ長十郎と話しておき、岩隠れに同調するように求めたんだろう。そうすれば、黒ツチだけが孤立するようなことはない。木ノ葉を糾弾《きゅうだん》するなかで、長十郎を取りこめば、華の国侵攻が明るみになったとしても霧隠れを巻きこむこともできる。あの黒ツチの行動は、その布石《ふせき》だったたってことか」

「そのとおりだシ」

宙を舞う桃色のボールをにらむシカマルの脳裏《のうり》に、オオノキの言葉が蘇《よみがえ》る。

〝どれだけ平和な世になっても、忍は忍じゃぜ〟

オオノキはなにを伝えたかったのだろうか。

戦いのなかにこそ忍の本質がある。術の大半が、他国の忍と相対するために生まれたものであり、戦いに特化しているのは事実だ。忍という存在の根本には、つねに戦いがある。平和な世では、忍は生きられない。だからオオノキは、あんな発言をしたのか。

いや待て。

オオノキは五大隠れ里の同盟締結の立役者《たてやくしゃ》ではないか。先の大戦でも、死ぬ一歩手前という大傷を受けながら、平和のために戦った英雄のひとりである。そんな男が、みずから築いたものを破壊するようなことを言うだろうか。

そもそも今回の発端《ほったん》は、黒ツチ自身にはない。土の国の大名が、肥沃《ひよく》な大地を持つ華の国を欲したことに端《たん》を発していた。忍と大名は、協調という姿勢を取ってはいるが、大名の権限によって隠れ里の方針が左右される。岩隠れの里が平和を望もうと、土の国が乱を呼ぶのなら、それに従わざるをえない。

それをオオノキはシカマルに伝えようとしたのだ。そう考えたほうが、腑に落ちる。

しかし。

本当にそれでいいのか。

忍は大名に従っていればいいのか。

大名の命令ならば、多くの同胞《どうほう》の命を犠牲《ぎせい》にして培った平和さえもドブに捨ててしまうのか。

「そんなことは絶対にさせねー」

細い眉を吊りあげながら、シカマルはつぶやいた。

「大国が小国の平和を理不尽《りふじん》に奪《うば》うことは絶対に許さねー。あの子たちから親を奪うようなことはしちゃいけねェんだ」

声をあげて笑い、父の足に抱きつく男の子を見つめながらシカマルが言うと、ヒノコが隣で静かにうなずいた。

「朧たちはまだ岩隠れにいるのか」

「私の班もまだ残ってるシ」

「このまま岩隠れの動向を探りつづけてくれ。なにかあったら、すぐにオレに報せろ。こっちはこっちでなんとかする」

「わかったシ」

ヒノコが音もなく立った。

「頼んだぞ」

口の端に笑みをたたえ、ヒノコが力強くうなずいた。それを見あげて、シカマルは語りかける。

「セクハラ、許してくれるか?」

「帰ったら訴《うった》えるシ」

ちいさな舌をペロリと出したまま、ヒノコが消えた。

「さて……。行くか」

重い腰をあげ、シカマルは火影の部屋にいるであろう親友のもとへ急ぐ。

めんどくせーとは決して言えない仕事が待っていた。

「策謀」

一

机に載《の》った報告書をにらみつけながら、ナルトが声をなくしている。みずからが記《しる》した書類を見て固まる友を、シカマルはポケットに手を入れたまま見つめていた。

「こ、こんなこと、本当に土《つち》の国が……」

「これが現実ってヤツだ。こうなってみて思えば、敵がこの世界の外から現れる状況ってのは、わかりやすかった。外部からの侵攻《しんこう》なら、忍《しのび》は里を越えて結集できる。でも本当の戦争ってヤツは、そんな単純なものじゃねー。敵はオレたちと同じ、他里の忍だ。里や国には、それぞれの思惑《おもわく》がある。すべての里が協調してゆくなんて、あくまで理想論だ」

シカマルの言葉に、ナルトが歯を食いしばる。この男は、誰よりも純粋だ。人はかならずわかりあえると信じている。ナルトの気高《けだか》い志《こころざし》が、じっさいに多くの人々を変えた。道を踏《ふ》み外《はず》し、抜《ぬ》け忍《にん》となった親友とでさえわかりあい、ふたたび仲間として生きる道を選ばせる。そんなナルトが、いまのシカマルの言葉を素直《すなお》に受け止めるはずがない。

それを承知で、あえて言った。

ナルトには現実をわかってもらいたい。理想だけでは人は生きてはゆけないのだ。黒《くろ》ツチや土の国にも思惑がある。

「なんでいまさら、他国を攻めるんだってばよ。困ったことがあったら、各国で話しあえばいいじゃねーか。大名《だいみよう》同士が無理だってんなら、五影《ごかげ》会談の席で、黒ツチがオレたちに話せばいい。いい土地がねーんなら、食い物が十分に採れる国が助ければいい。そのための五影会談、そのための同盟《どうめい》だってばよ」

苦しそうにナルトがつぶやく。

シカマルも同じ気持ちだ。

五大隠れ里の同盟の力は、いまや大陸全土の中小国にも波及《はきゆう》している。同盟が声をあげれば、中小の隠れ里の忍たちも無視できない。

何事も話しあいで解決できる素地《そじ》はあるのだ。

それでも土の国は華《はな》の国への侵攻を決め、岩隠《いわがく》れの里はそれに従おうとしている。そこには理屈では計《はか》り知《し》れぬ、人の業《ごう》や情が介在《かいざい》しているに違いない。

「オオノキの爺《じい》さんが、こう言っていた」

ナルトが顔をあげる。

「どれだけ平和な世になっても、忍は忍だ。とな」

「忍は忍……」

シカマルは黙ってうなずく。

このまま手をこまねいていれば、土の国の侵攻は始まってしまう。平和で穏《おだ》やかな華の国の日常は、岩隠れの忍たちによって壊されることになる。

そうなれば華の国と長年の同盟関係にあった雷《かみなり》の国が介入《かいにゅう》するだろう。雲隠《くもがく》れも当然、参戦することになる。ここに長十郎《ちょうじゅうろう》率《ひき》いる霧隠《きりがく》れの忍が、岩隠れに加勢することになれば、混乱はますます加速してゆく。

木《こ》ノ葉隠《はがく》れの里と砂隠《すながく》れも黙っているわけにはいかない。大陸を巻きこむ戦争へと、引きずりこまれかねない。

第五次忍界《にんかい》大戦……。

嫌《いや》な言葉が頭を過《よぎ》る。

しかもこのまま大戦に突入してしまえば、前回のような結末は迎えられない。外部の敵に対抗するための結集。それが先の大戦によって得られた成果である。多くの不幸の末に、世界が辿《たど》りついたひとつの理想だ。

そのすべてが瓦解《がかい》する。

大名の支配する五大国は自国の殻《から》に閉じこもり、隠れ里の忍たちは、他里の忍を仕留《しと》めることだけに血道《ちみち》をあげる。そんな不毛な争いが、いつまでもつづく。

「シカマル……」

大戦終結の英雄が、悲しみに満ちた瞳《ひとみ》で見あげる。

「戦争だけは、なにがあっても止めなきゃなんねェ。オレたちの子供たちは、大戦を知らねェ。この平和な里が、忍の生きる世界なんだってばよ。オオノキの爺さんが言う忍と、ボルトたちが考える忍は、根本《こんぽん》から違う。そんな子供たちに、オレたちが味わったような想《おも》いをさせたくないってばよ」

火影《ほかげ》が目を閉じた。瞼《まぶた》の裏には、いまなにが映《うつ》っているのだろうか。日向《ひゅうが》ネジか、それとも、うちはイタチか。苛烈《かれつ》な戦いのなかで、多くの忍が散っていった。

シカマルの脳裏《のうり》に浮かぶ幻影は、父と師である。

心の奥に仕舞ったままの、癒《い》えない傷がチクリと痛む。

ポケットから煙草《たばこ》を取り出し、口にくわえた。ここは禁煙である。くわえるだけだ。こうしていると、師のことを身近に感じられた。いつも煙草を吸っていた。肩の力が抜けた男だった。めんどくさがりなシカマルの背中を、気楽な調子で押してくれた。

「どうする?」

火が点《つ》いていない煙草を人差し指と中指のあいだに挟《はさ》み、ナルトに問う。

「なにがあっても黒ツチを止めるってばよ」

水色の瞳に決意の光が輝いている。

こうなるとナルトは強い。自分の想いを貫《つらぬ》き、ただひたすらに走る。

火影の走る道を作ってやるのが、シカマルの仕事だった。

ナルトはどんな悪路だって走りきるだけの馬力を持っている。しかし、行く先はわかっているが、どういう経路で行けばいいのかがわからない。

だからシカマルが地図を描く。

「黒ツチを止めるんなら、会って話さなきゃいけねーな」

「あぁ」

ナルトが力強くうなずく。

煙草の吸い口を親指の先で弾《はじ》きながら、シカマルは語る。

「今回の華の国侵攻は、土の国の決定だ。大元は黒ツチじゃなくて、土の国の大名にある。黒ツチは協力しているだけだ。だからどれだけ黒ツチを説得しても、土の国の大名が考えを改めねー限り、華の国侵攻は決行されるだろう」

「黒ツチが思いなおせば、岩隠れの忍は動かねェ。そうなれば土の国も侵攻を進められないってばよ」

「そもそも、お前の説得で考えを変えるくらいの軽い気持ちで、黒ツチが動いたとは思えねー。黒ツチには黒ツチなりの考えがあるはずだ。大名の命令に、ただ従うような女じゃねーことは、お前も知ってるだろ」

「黒ツチも戦争を望んでいるって言ってんのか！」

立ちあがったナルトが、机を両手で叩《たた》いた。久しぶりにこんなに怒った姿を見た。シカマルは平静を保《たも》ちながら、猛《たけ》る友に語る。

「忍が戦いを望むことは、おかしいことじゃねェ」

「あっ……」

なにかを思いついたように、ナルトが声をあげた。それから神妙な面持《おもも》ちでシカマルを見つめる。

「どうした？」

「〝暁《あかつき》〟のようなヤツ等《ら》が暗躍してんじゃねーのか。それで、黒ツチや土の国の大名に術をかけて……」

〝暁〟は、先の大戦のきっかけになった集団である。里を抜けた忍たちで構成され、五つの隠れ里に散らばる膨大《ぼうだい》なチャクラを持つ尾獣《びじゅう》を集め、この世に住むすべての人に幻術《げんじゅつ》をかけようと企《たくら》んだ。

「ナルト！」

友をたしなめるように、強い口調で言った。そして穏やかにつづける。

「黒ツチは有能な忍だ。幻術なんかにそうそうかかるわけがねェ。大名については、黒ツチ自身が調べたはずだ。誰かが裏で糸を引いているようなら、すでに始末している。外に敵を求めるのは簡単だ。そうやって現実から目を背《そむ》けていれば、楽かもしれねェ。だが、お前は火影なんだ。これは国と国、里と里の問題だ。外敵なんて都合《つごう》のいいものを挟みこんで、気を楽にすんな。しっかり現実を見て、打開策を考えるんだ」

「そっか……。そうだな。お前の言うとおりだってばよ」

顔をあげたナルトが、ちいさくうなずいた。

「まずは」

「五影会談だな」

きりだしたシカマルの声を阻《はば》むようにして、ナルトが言った。そして笑う。火影になってからナルトは変わった。昔のように感情だけで突っ走るのではなく、みずからの行く先を、自分自身で定《さだ》められるようになっている。ナルトは立派な火影となった。

それでもまだ、シカマルにはやらなければならないことがある。

ナルトは里の太陽だ。

強い光にはつねに影が付《つ》き纏《まと》う。

シカマルは影だ。

ナルトというまぶしい太陽に照らされて出来る影なのだ。

煙草を口にくわえながら、言葉を吐く。

「とりあえず前回の黒ツチの提言について、もう一度話がしたいとでも言って皆を集めよう。そこでお前が、土の国のことを単刀直入に聞くんだ。黒ツチがどう出るかにもよるが、事を明るみにすることで、ダルイも長十郎も選択を迫《せま》られる。そのまま会談が決裂してはまずい。我愛羅《ガアラ》には会談前にあらかじめ話しておいたほうがいいだろう」

「味方に引きこむってことか？」

ナルトの問いに首を振る。

「オレたちはあくまで中立の立場だ。黒ツチの側にも、華の国やダルイの側にも立たねー。我愛羅にも中立を求めるんだ。木ノ葉と砂が真ん中でどっしりと構《かま》えていれば、下手《へた》な動きはできねーはずだ」

「そのあたりのことは頼んだってばよ」

「まかせておけ」

会談を持ちかける使者の選定と日程の策定《さくてい》、我愛羅との折衝《せっしょう》などなど、シカマルのやることは膨大である。しばらくは家に戻れないかもしれない。

「おい、シカマルッ！」

「ん？」

「煙草はやく消せ！　怒られるってばよ！」

気づかぬうちに火を点けていた。

「あ……」

紫煙《しえん》を見つめてシカマルはつぶやく。

「もったいねぇ……。じゃあ、後はまかせとけ」

「吸うのかよ！」

火影の部屋を飛びだすと、シカマルは屋上へと駆けた。

二

五影が集まった時から、会場内には重苦しい空気が流れていた。

終始けわしい表情の黒ツチ。緊急の招集で、日常の仕事を邪魔《じゃま》されて不服そうなダルイ。

これから起こるであろう議論を思い、表情を引《ひ》き締《し》める長十郎。ナルトから土の国の暴挙を前もって知らされても、なお平然と席につく我愛羅。そして彼等《かれら》の中心に、真剣勝負の前のような精悍《せいかん》な顔つきをしたナルトがいる。

「みんな忙しいなか、集まってくれて、サンキューだってばよ」

ナルトが口火を切った。するとすかさず、抑揚《よくよう》がないくせにやけに圧のある声で黒ツチが問う。

「前回の答えが聞けるのよね？」

火影は微笑を浮かべ、黒髪の土影《つちかげ》を見つめる。

「それよりも、今日《きょう》はお前に聞きたいことがあるってばよ、黒ツチ」

「あら、なんのこと？」

とぼけた様子《ようす》で答えた黒ツチの口角《こうかく》が不敵に吊《つ》りあがる。それを見つめながら、ナルトが机に手をついて、ぐいと身を乗りだした。

「土の国が華の国へ侵攻しようとしているというのは、本当なのか？」

「なんだと」

ダルイが声をあげた。いつも眠たそうな目の色が変わっている。

「おいナルト、いまなんて言った」

「土の国が華の国へ侵攻しようとしている。そう言ったってばよ」

「どういうことだ黒ツチ！」

ダルイが叫ぶ。

うるさそうに眉根《まゆね》に皺《しわ》を寄せた黒ツチが、溜息《ためいき》を吐《つ》いて頭を左右に振った。ナルトへとむけた視線を動かさずに、ゆっくりと話しはじめる。

「そうやってひそかに他里の内情を探って、木ノ葉はつねに優位に立とうとする。口では平和だ絆《きずな》だと声高《こわだか》に叫んでおきながら、陰《かげ》では暗部《あんぶ》やサスケを使い、大陸支配を虎視眈々《こしたんたん》と狙《ねら》っている。皆もそろそろ気づいたほうがいいんじゃない。ぬるま湯につかってのんびりとしている間に取り返しのつかない状況に陥《おちい》っているなんて、洒落《しゃれ》にもならないわ」

「木ノ葉はぜってェ、そんなことしねェってばよ」

「口ではなんとでも言えるわ」

ふたりの間に、ダルイが割って入る。

「オレの質問に答えろ！　本当に土の国は華の国に侵攻しようとしてるのか」

「ええ、本当よ」

ダルイの頬《ほお》が引《ひ》き攣《つ》る。

「黒ツチお前、華の国がどういうところか知ってるだろ」

「雷の国と長年同盟関係にあるわよね」

ダルイのほうを見もせずに、黒ツチが答えた。その態度がダルイをいっそう怒《いか》りたかぶらせる。

「華の国が攻められれば、オレたち雲隠れの忍はなにがあっても助ける。それがなにを意味するのかわかってんのか？」

「土の国が動く時は、岩隠れの里の忍はそれに従うのみ。立《た》ち塞《ふさ》がる敵には、それ相応の犠牲《ぎせい》を払ってもらうわ」

「本気で言ってるのか」

「愚問《ぐもん》ね。それで……」

ダルイをいなし、黒ツチはナルトに問う。

「木ノ葉の機密公開。答えは出たの？」

「いまはそんな話をしてる場合じゃねぇだろ」

なおも詰《つ》め寄《よ》るダルイに、黒ツチがやっと目をむけた。

「少し黙っていてくれない？　私はいま、ナルトと話しているの」

ダルイの頭のなかで血管がキレる音を、ナルトの背後で会議を見守っていたシカマルは聞いたような気がした。

温厚な雷影《らいかげ》が、怒りにまかせて立ちあがる。

「そんなにオレと戦いてぇんなら、ここでやってやってもいいんだぜ」

黒ツチが目を伏《ふ》せ溜息を吐く。

「私とアナタがここで戦ってなんになるというの？　私が負けても土の国の方針は変わらない。当然アナタが負けたら、私が考えを改めるわけがない。どちらにしたって無意味なことでしょ」

「ちょっと待ってくれってばよ」

ナルトが叫ぶ。

「この場はなんのためにあるんだ？　五影がそろい、平和のために議論する場じゃねェのかよ。頼むダルイ。座ってくれ。黒ツチも、ちゃんと話をしよう」

黒ツチをにらんだまま、ダルイが全身を震わせながら座った。黒衣の土影は、それまでの態度を改めもせず、ナルトになおも詰め寄る。

「あなたやサスケの力を、先の大戦を経験してきた私たちはよく知っている。一国を亡《ほろ》ぼすほどの力を持った忍が、木ノ葉にはふたりもいる。それがなにを意味するか、あなたは本当に理解しているのナルト？」

「オレとサスケは、誰かを悲しませるような真似《まね》は絶対にしねェし、この平和を崩《くず》そうとする〝暁〟のようなヤツにしか、オレたちの力は使わねェ。信じてくれ」

「木ノ葉が大陸全土の秩序《ちつじょ》になるつもり？　それは支配とどこが違うの？」

「そういうつもりじゃねェってばよ！」

めずらしく会議の席でナルトが怒鳴《どな》った。顔を真《ま》っ赤《か》にして、黒ツチに語る。

「オレたちはみんなを守りてェだけだ。信じてくれ。オレとサスケは、誰よりも平和を望んでいる」

「自分の里の平和は自分たちで守るわ。みんなを守るなんて、余計なお世話よ」

「あの……」

長十郎が手をあげた。ナルトが黙ってうなずくと、一度メガネを指であげてから、水影《みずかげ》が口を開く。

「忍は自国のために働く。それは当然のことです。こうして五影が手を取りあうのは、たしかに理想かもしれない。しかし、競《きそ》うことを止《や》めたら、忍は忍でなくなってしまう」

長十郎の目に苦痛が滲《にじ》んでいるのを、シカマルは見逃《みのが》さなかった。里のため、水影は己《おのれ》と戦っている。

「そろそろ、仲良しごっこは止めにしませんか……？」

会場の空気が凍《こお》りつく。

五つの隠れ里の結束《けっそく》が崩れた未来を脳裏に思《おも》い描《えが》き、みなが息を呑《の》んだ。

ここだ……。

シカマルは会場にいるすべての者が長十郎の言葉に魅入《みい》られてしまっている刹那《せつな》を見逃さず、印《いん》を結んでチャクラを解放した。

「なっ……」

最初に声を吐いたのは、一番そばにいたナルトだった。

会場全体を、シカマルが放った影が包みこんでいる。五影はおろか、彼等にしたがっている者たちすべてが指一本動かせないでいた。

影首縛《かげくびしば》りの術。

久しぶりに実戦で使った。

顎《あご》の前で印を結んだまま、シカマルは五影をにらみつつ口を開く。

「さっきから好き勝手なことをベラベラしゃべっているが、お前たちは肝心《かんじん》なことを忘れてねーか？」

「止めろシカマル」

火影と染め抜かれた背中が語る。友の言葉を無視しつつ、シカマルはおろかな同朋《どうほう》たちへ言葉を投げた。

「たしかにナルトやサスケは国を滅《ほろ》ぼす力を持っている。が、木ノ葉の忍は、こいつ等だけじゃねェ。ふたりの力がなくても、木ノ葉と他里の戦力差は圧倒的だ。そしてその木ノ葉の頭《かしら》である火影が、この同盟を死ぬ気で守るっていうのなら、オレたち木ノ葉の忍は命を捨ててもそれにしたがう。和を乱すヤツはオレたちが許さねェ。いいか黒ツチ、長十郎。よく聞けよ。お前たちがここから去ると言うのなら、オレの影がその首を握《にぎ》り潰《つぶ》す」

完全に術は極《き》まっている。いかに血継限界《けつけいげんかい》を有する黒ツチであろうと、ここまで綺麗に極まってしまった影縛りを解くことは難しい。できるとするなら、尾獣の力を自在に操《あやつ》るナルトの爆発的なチャクラくらいだ。

「黒ツチ、長十郎。お前たちは本当に木ノ葉と戦争をするつもりがあるのか？」

「悪ふざけは止めろシカマル」

我愛羅が穏やかな口調で言った。愛の一字が刻《きざ》まれた額《ひたい》の下にある義弟の目を、シカマルは横目で見ながら答える。

「オレは本気だ」

「だったらなおさらだ。ここで黒ツチたちを殺しても、意味はない。そんなことはお前が一番わかっているはずだ」

「意味はあるぜ。木ノ葉のシカマルが、土影と水影を始末したとなりゃ、大陸じゅうの忍が凍りつく。木ノ葉の本気を誰もが思い知るだろう。それでもまだ刃むかうヤツが出てくるんなら、そん時は相手になってやる。さぁ、どうだ黒ツチ、長十郎。答えはふたつにひとつだ。イエスかノーか。ここで聞かせろ」

「くっ……」

黒ツチの食いしばった白い歯の隙間《すきま》から、苦悶《くもん》の声が漏《も》れる。白くて細い土影の首に、漆黒《しっこく》の蛇《へび》がからみつく。

黒ツチの瞳が妖《あや》しく輝く。

「なにをしているのか、わかってるの？」

言った土影の全身にチャクラがみなぎる。このままでは危うい。早くしろナルト。シカマルは心中で、友にむかって叫んだ。

「止めろ！」

今日一番の怒りの声をナルトが吐いた。

火影の背が金色に燃えあがる。

振り返った友の瞳に修羅《しゅら》の焔《ほのお》が宿っていた。

部屋を覆《おお》っていた影が、黒い硝子《ガラス》となって粉々に砕け散る。

「止めろ！　シカマルッ！」

強烈な一撃が頬を打ち、シカマルは床に転がった。

「おめー、なにしてんだってばよ！　オレたちがぶち壊してどうする！」

襟首《えりくび》をつかまれながらもシカマルは答えない。

目を背けたまま動かない腹心《ふくしん》を放りだし、ナルトがみなにむかって地にひれ伏《ふ》すようにして頭をさげた。

「悪《わり》ィ！　こいつはこんなことするヤツじゃねェんだってばよ！　オレからちゃんと言っとくから、許してくれ！」

黒ツチが立ちあがる。

「これが木ノ葉のやり方なのね」

「違う！　オレがいる間は、絶対に平和を乱すようなことはさせねェ！　だから、頼む。華の国のこと、もう一度、土の大名と話してくれ、黒ツチ。木ノ葉の機密については、しっかりと考える。お前たちが不満に思うような結果は出さねェから。頼む。もう二度と、戦争は起こしちゃいけねェ！」

「アナタのことは信用している。でも、次の火影はわからない。木ノ葉はいつの日か、私たちの脅威《きょうい》になる」

そう言い残して黒ツチが退出した。あとを追うように長十郎も部屋を出る。

「岩隠れが動いた時は、オレたちも動くぜ」

頭をさげたままのナルトに告《つ》げ、ダルイも出てゆく。

「まだ戦争がはじまったわけじゃない」

温《ぬく》もりを帯《お》びた声で言ってから、我愛羅はカンクロウとともに去った。


木ノ葉への帰り道、ナルトは無言だった。

シカマルもなにも言わずに淡々《たんたん》と帰り道を急ぐ。

あと少しであうんの正門にさしかかろうとした時、ナルトが背をむけたまま言った。

「どうしてあんなことしたんだ?」

用意していた答えを告げる。

「お前は絶対に許さない。かならずオレの術を破って、みなを説得する」

立ち止まったナルトが振りむく。

「お前、わざと……」

「これでヤツ等も、木ノ葉の脅威を現実として受け止めただろう。頭だけで考えるから、妙なことになるんだ。冷静にむきあえば、おのずと行動も違ってくる。アイツ等にはわからせてやる必要があった。後手後手《ごてごて》に回らされているなかで先手を取るには、奪《うば》った駒《こま》で敵陣に斬《き》りこまなきゃならねぇ。アイツ等にとってもいい薬になったはずだ」

「お前ってヤツは」

「木ノ葉の力と火影であるお前の情、どちらが欠《か》けても駄目《だめ》なんだ。我愛羅が言ったとおり、まだ戦争がはじまったわけじゃねェ。ミスの許されねェ対局は、まだ終わっちゃいねーぞ」

苦笑《にがわら》いを浮かべながらうなずく友に、笑《え》みで答えると、シカマルは家族の待つ里へと歩きだした。

三

激務の谷間というのはある。

会議が終わり里に帰ってから数日、いつもの倍ほどの仕事がつづいた。しかし、そういう日がつづくと、いきなり仕事が少なくなる。毎日夜中までかかっていたのに、ある日急に夕方には暇になったりするのだ。

普段なら人気《ひとけ》のない山へ行き修業をしたり、家に戻ってのんびりしたりするのだが、今日は足が自然と街へとむいた。

目的の場所は決まっている。脳裏に地図を思い浮かべる必要もない。昔は幾度《いくど》も通った場所だ。

目当ての店が見える通りまで来ると、昔の仲間が花にせっせと水をやっていた。銀色の筒《つつ》状の入れ物に差された無数の花が、店内だけでは足《た》りずに往来にまで並べられている。そのひとつひとつにていねいに水をやる姿は、忍ではなかった。すっかり花屋が板についている。

彼女はシカマルとともに幾多《いくた》の修羅場を潜《くぐ》り抜《ぬ》けた、腕利《うでき》きのくノ一だ。いまでも時々、任務に出ている。花屋と忍の二刀流だ。

「あら」

水を止め、ホースを手に持ったまま女が言った。

「久しぶりだな、いの」

シカマルは女の名前を呼んだ。

山中《やまなか》いの。

大戦中、猪鹿蝶《いのしかちょう》トリオとしてシカマルとともに戦った仲間である。先の大戦を知らない若い忍たちの間では、シカマルたちの代の猪鹿蝶は、いまでも語り草となっていた。個々の能力ではナルトやサスケには一歩劣《おと》るが、忍の基本形態であるスリーマンセルにおいて、猪鹿蝶は里の忍たちのなかでも群を抜いている、そう持《も》て囃《はや》す者たちも多い。大戦後に出た本のなかには、シカマルたち猪鹿蝶の戦術を分析したものまである。

いのは結婚し、実家の花屋を手伝いながら、忍としての務めを果たしていた。息子《むすこ》のいのじんは忍として、シカダイと同じ班に所属している。

家業も仕事も精一杯頑張り、ひたむきに邁進《まいしん》する姿は、いのらしいとシカマルは思う。

ゆっくりと歩いて店の前に立つ。いのはホースを手にしたまま、店先でシカマルを出迎えた。

「どうしたの？　アンタが店に来るなんて珍しいじゃない」

「いやー、あのよ……」

右斜《なな》め上をにらみながら、シカマルは首の裏をかいた。それを見ていた、いのが悪戯《いたずら》な笑みを浮かべながらのぞきこむ。

「ははぁ、結婚記念日の埋めあわせだね」

「ぐぬ！」

言葉を失ったシカマルを見て、いのが笑い声をあげた。

「術なんか使ってないよ」

いのは、人の心に潜入する心転身《しんてんしん》の術を使う。

「アイツか」

口をへの字に曲げてシカマルが言うと、いのがうなずいてから胸を張った。

息子が同じ班であるため、テマリといのはなにかと連絡を取りあっているようだった。お互い家族を守る身である。通じあうものがあるのだろう。

「アンタねぇ、結婚記念日を忘れるなんてサイテーだよ」

「サイはそういうのは、ちゃんとやるのかよ？」

いのの旦那《だんな》のサイは、かつてナルトの仲間であった。感情を表に出すのが苦手《にがて》な男だが、幼いころから暗部で仕込まれた有能な忍である。

「あの人はマメだから、私や息子の誕生日、それにクリスマス。もちろん結婚記念日も、なにか用意してくれるよ。任務で里にいない時でも、同僚《どうりよう》に頼んでプレゼントをくれるし」

そこまで言われると、反論のしようがない。

たったひとつしくじっただけで、この打ちのめされっぷりはなんだ？

心のなかで〝めんどくせー〟が、グルグルと回っている。

「で、花を買いに来たってわけだ」

幼いころからの付きあいである。なんなら奈良《なら》家と山中家は先祖代々、猪鹿蝶を組む家系としてたがいを重んじていた。火影の相談役だなんだと言われても、いのの前では昔の面倒《めんどう》くさがりのシカマルのままだ。素直にうなずくしかない。

「だったら、この花だね」

そう言って、いのが店の壁ぞいに立てられた銀色の筒から、黄色い花を一本取りだした。黄緑の細長い茎《くき》に葉はなく、すうっと伸びた先にある花床《かしょう》を中心にして黄色い花弁が四方八方に広がっている。

「砂隠れが原産の花よ。テマリにはぴったりでしょ？」

真《ま》っ直《す》ぐな茎の上に凜《りん》と咲く黄色い花は、たしかにテマリを思わせる。というか、じつはシカマルもこの花を買いに来たのだ。いのに言われるまでもなく、テマリに渡すならば、この花しかないと思っていた。

「そうだな」

素直に言うと、いのは満足そうにうなずいた。

「もちろん花束《はなたば》にするよね？」

「そこにあるの……。いや、店にあるだけくれ」

「あっ！」

いきなり往来から聞《き》き慣《な》れた声がした。ふたりが声のほうを見ると、道を埋めつくすほどの巨漢が立っている。

「チョウジ」

黄色い花を持ったまま、いのが言った。

秋道《あきみち》チョウジ。

猪鹿蝶の残りのひとりである。

チョウジの隣に、同じような体型をした女の子が立っていた。穏やかなチョウジとは違い、口を堅《かた》く結んで難しそうな顔をしている。浅黒い肌《はだ》は若い娘たちの間で流行《はや》っている風貌《ふうぼう》に見えた。

チョウジの娘のチョウチョウである。彼女もまた、シカダイと同じ班だ。猪鹿蝶は、子供の代にも受《う》け継《つ》がれている。

「どうした、娘に花でも買ってやるのか？」

「あちしは花より団子だから」

チョウジが答えるより先に、チョウチョウが言った。そんな娘を微笑《ほほえ》ましく見つめるチョウジが、シカマルたちの前に立つ。

「今日は休みだったから、家族でQに行こうかと思って」

焼肉Q……。

チョウジ行きつけの焼肉屋である。かつて三人が同じ班だった時は、幾度となくこの店で語らった。班の指導官だった猿飛《さるとび》アスマが生きていたころは、任務が終わった後の打ちあげはいつもQだった。もちろんアスマのおごりである。底なしに食べつづけるチョウジを見ながら冷《ひ》や汗《あせ》を垂《た》らすアスマの姿は、いまでも瞼の裏に焼きついている。

シカマルにとっても思い出の店だ。

「チョウチョウ」

シカマルはチョウジの娘に語りかけた。細い眉《まゆ》をわずかにあげて、チョウチョウが首をかしげる。

「オレの息子がすまなかったな」

「なにが？」

「いや、任務を断《ことわ》ったみてーじゃねぇか。せっかくのSランクの任務だったってのに、すまなかったな」

「べつにー」

チョウチョウは淡々と答える。それ以上の言葉は返ってこない。あっさりしている。これが近頃の若者なのか、などと年寄りくさいことを考えていると、チョウジが娘に声をかけた。

「久しぶりだし、パパは少しふたりと話していくから、先に行ってて。もうママも着いてると思うから」

「わかった」

父に目をむけもせず、チョウチョウは答えるとスタスタと歩きだした。その後ろ姿を眺めながら、いのがチョウジに語りかける。

「ますますアンタに似てきたんじゃない？」

「そうかい」

大きく張りだした腹をさすりながら、チョウジが嬉《うれ》しそうに答える。苦笑いを浮かべて、シカマルは顔を伏せた。

「お前たちにも謝《あやま》っとかなきゃな」

「なにが？」

「なによ？」

ふたりが同時に問う。

足元を見つめたまま、シカマルは答える。

「シカダイのせいで、お前たちの子供に迷惑をかけちまった。すまなかった」

息子の不始末は親の責任である。いや、この問題の本質に、シカマルは十分関《かか》わっていた。シカマルがいまの立場にいなければ、今回のシカダイの行動自体がなかった。親としてではなく、己自身として謝らねばならない問題である。

ふたりがいっせいに笑い声をあげた。

思ってもみないリアクションだったせいで、思わず顔をあげてかつての仲間をにらんだ。

するとチョウジもいのも笑顔のまま、そんなシカマルを見つめていた。

「なにを言いだすかと思えば、そんなこと？」

ホースを握りしめる左手を腰にあて、いのが言った。チョウジがそれにつづく。

「奈良家の面倒くさがりは、シカダイに始まったことじゃないよ。元をただせばシカマルじゃないか」

「だからこうして謝って……」

シカマルの言葉を阻むように、ふたりが高笑いをはじめる。ふたりに視線を戻すと、チョウジが太い身体《からだ》には不釣《ふつ》りあいな甲高《かんだか》い声を吐いた。

「シカダイはシカダイなりに考えてやったことじゃないのかい。あの子は、めんどくさいってだけで放りだすような子じゃないよ。シカマルがボクたちに謝るってことが、それを証明してる。そうじゃないのかい？」

「私たちに謝るより先にやることがあるんじゃないの？」

いのの問いに首をかしげる。心優しき母親は、溜息をひとつ吐いて答えを口にした。

「シカダイとちゃんと話したの？」

「いや……」

「アンタは外では凄《すご》いけど、家族のことになると全然ダメだね」

ぐうの音《ね》も出ない。

「テマリのこともそうだけど、ちゃんと家族を見なきゃダメよ。アンタが外でしっかりと働けているのは家族が支《ささ》えてくれているからでしょ。一番身近にいる人たちを大事にできないヤツが、里を守ることなんてできないんじゃない？」

いのの言うとおりだ。

頭ではわかっている。反省もしている。それでも、自分の想いをどう伝えればいいのかわからない。身近であればあるほど、素直な自分を曝《さら》けだせない自分がいる。そしてそんな自分が、どうしようもなく情けない。

「お前たちのおかげで目が覚めた。すまねェ」

家族とむきあうこともできない男が、どうして里を守れるというのか。戦争を防げるというのか。

もっともっと強くならなければ……。

「ありがとよ。今度ゆっくりとメシでも食べよう」

言ってふたりに背をむける。

歩きだす。

いのがなにかを叫んだが、頭のなかで自問自答を繰《く》り返《かえ》すシカマルの耳には届かない。

「あっ……」

店から遠く離れて思いだし、シカマルは立ち止まった。

「花、忘れちまった」

最悪だ。

四

積みあげられた書類に判《はん》を捺《お》し、内容を頭に叩きこみながら、べつのところでは土の国のことを考えるという日々がつづいている。どちらもおろそかにできない大事な案件だ。そのため、集中すると部下の声も聞こえなくなる。幾度か大声で呼びかけられて気づくというのが、ここ数日あたりまえになっている。

前回の五影会談で、他里の影忍たちに木ノ葉の脅威を植えつけたまではいいが、正直手《て》詰《づ》まりである。先手を取るなどとナルトに言ってはみたが、具体的な方策はない。岩隠れの出方を見るという消極的な方法でしか、現状やれることはなかった。

朧《ロウ》と鏃《ソク》からの連絡は定期的に入っている。岩隠れが引き受ける任務を絞《しぼ》りはじめているという。いつ土の国から出兵命令が出てもいいように、里に常駐《じょうちゅう》している忍を多く確保しておくつもりなのだろう。

このまま破滅の日を迎えるわけにはいかない。

シカマルは待っているつもりはなかった。

具体的な道筋《みちすじ》は、ぼんやりとだが見えている。

忍だけで話しあうだけでは埒《らち》が明かない。

けっきょく忍は、五大国の大名の思惑《おもわく》に左右されてしまう。大名の我欲と、五つの隠れ里の微妙な力関係が悪いほうに流れてゆけば、今回のような事態を招いてしまうことは、これからも考えられる。

抜本的《ばっぽんてき》な打開策が欲《ほ》しい。

戦いを存在の根本に置いている忍と、戦いのない平和な世の中の共存こそが、シカマルの求める理想の形であった。ゆくゆくは忍そのものがなくなればいいとまで思っている。たとえ青くさい幻想だと笑われようと、シカマルは恒久《こうきゅう》の平和を求めていた。もう二度と、先の大戦のような悲劇は繰り返してはならないのだ。

戦争がなくなれば忍はいらない。

忍が保有している忍術やチャクラの体系などは、文明にとって有益なものである。これらを忍以外の人々が有効に利用することができれば、世の中はもっと便利になるはずだ。しかしそれは、揺るぎない平和が存在してはじめて具現化されるものである。忍の技術は悪用されれば、世界を滅ぼす力となる。それは先の大戦でもあきらかだ。だからこそ、人々が憎しみを捨て去ってはじめて、忍の技術は共有されるべきだった。

理想実現までの道のりは、まだまだけわしい。それでもシカマルは、けっして諦《あきら》めない。そんな日がくると信じている。でなければ、家族を犠牲にして働いている意味がない。

遠くのほうで、誰かが呼んでいる。

「……ルさん」

女の声だ。

思いながらも、手は淡々と判を捺してゆく。

「……カマルさん」

うるせー。

「シカマルさん！」

思考を吹き飛ばすように、怒鳴り声が耳を貫く。思わず顔をあげると、目の前に見慣れた顔があった。書類の山と山の間に器用に手をつきながら、身を乗りだすのは、かつての師の娘だった。

「なんだ、ミライか」

「なんだ、じゃないですよ！　どれだけ呼べば気がつくんですか」

シカマルの呆《ほう》けた声に口をとがらせながら、猿飛アスマの忘《わす》れ形見《がたみ》、猿飛ミライが机から手を離して腰に手をあてた。

「集中するとまわりが見えなくなる癖《くせ》、治《なお》したほうがいいですよ」

「どうにもならねーことを考えてんだ。どうでもいいことまで気を回す暇はねェ」

「誰かがどうにもならないことを持ってきたらどうするんですか」

「そん時は、お前みたいに大声で叫んでくれるだろ」

「たしかに……」

ミライが面倒事を持ってきたのは、引き締まった顔を見ればわかる。シカマルの勘働《かんばた》らきの鋭《するど》さに満足したように、アスマの娘はわずかに口角をあげた。

ミライがまだ満足に言葉も話せなかったころのことを思いだす。

昔はシカマルの姿を見つけると〝シカの兄ちゃ〟と、舌足《したた》らずな声で言って飛びついてきたものだ。この娘だけは、自分が師として育てる。ミライが生まれた時に、天にいる師に誓《ちか》った約束を、シカマルはしっかりと果たした。ナルトを補佐する激務の最中にも、忍者学校《アカデミー》に入ったミライに忍術のいろはを仕込んだ。ミライの父であるアスマは、三代目火影の息子である。ミライのなかには、火影の血が流れていた。シカマルが仕込んだなどというのは、おこがましいのかもしれない。そう思わせるほど、ミライの忍としての素質は群を抜いていた。シカマルが一度見せれば、すぐに覚える。次に会った時には、前回教えた術をしっかりとマスターしている。自分の出番などないと思ったことは、一度や二度ではなかった。

しかしそんなシカマルを、ミライはいまでも師と言って慕《した》ってくれている。自分を一人前の忍にしてくれたのはシカマルさんだと、面とむかって臆面《おくめん》なく言ってくれるのが、嬉しい反面、なんだか照れくさい。

真四角の印鑑《いんかん》を机に置き、椅子《いす》に深く座りなおして、シカマルは頼もしい弟子《でし》に問う。

「で、今日はどんなめんどくせー話を持ってきた?」

「三日後、この里でなにがあるか、知ってますよね?」

「問いに問いで返すな」

言いながら微笑みを浮かべ、答えてやる。

「火《ひ》の国の大名がナルトとの会談のために、里に来る」

いい機会だった。

忍の話しあいではもはや埒は明かない。大名同士の会談という新《あら》たな局面を生みだし、土の国の大名を直接牽制《けんせい》する。それが膠着《こうちゃく》した局面を打開する、シカマルの秘策だった。

今回の、火の国の大名まどかイッキュウの木ノ葉隠れ来訪は、願ってもないチャンスだ。ナルトを通し、イッキュウを動かし、五大国会談を招集する。大陸の長い歴史のなかでも数えるほどしか実現していない会談が実現すれば、局面は新たな次元へと進むだろう。

なんとしてもイッキュウを説得しなければならなかった。

「なにかあったか？」

「会談自体には問題はないのですが、今回、イッキュウ様といっしょに、ご子息のテントウ様が里にいらっしゃるのです」

「子守りが面倒だとでもいうんじゃねーだろうな」

そんなことをいちいち持ってこられても困る。

「そんなことだったらいいのですが……」

ミライの顔が曇《くも》る。

「どうした？」

「狢《ムジナ》がテントウ様を狙っているようなのです」

狢は名うての強盗団だ。頭領のショジョジは、屍分身《しかばねぶんしん》という術を使う忍で、手配帳《ビンゴブック》のなかでも大物のひとりとして扱《あつか》われている。

「狢が里に現れたって話は、この山のなかにあったな」

シカマルは机の書類の束を探る。うずたかく積まれた紙束の下のほうから、丁寧《ていねい》に一枚を取りだした。

「あった。そうだ、捕獲《ほかく》任務をボルトたちが請《う》け負《お》ってるじゃねェか」

「はい」

「冴《さ》えねェ顔だな」

「おそらく里で騒ぎを起こしているのは、狢の末端。本命はテントウ様」

「囮《おとり》を捕《つか》まえさせておいて、狢を捜査線上から外《はず》すのが目的か」

「ショジョジがボルトたちの前に姿を現すことはまずないでしょう」

狢によるテントウ誘拐……。

敵にわざと駒を取らせて、玉《ぎょく》を取る。

狢の策を使わせてもらうか。

「里に入ったテントウに監視をつけておけ。いついかなる時も目をそらすな。そして狢が動いたら、そのまま誘拐させろ」

「えっ？」

「黙って最後まで聞け」

シカマルの目に朧《おぼろ》な殺気が揺らめく。

「一度、誘拐させてから、すみやかに助けだすんだ。いいかよく聞け。一度、誘拐させるんだ」

「どうしてそんなことを……」

未然に防ぐために、ミライは話を持ってきた。そんなことは十分承知したうえで、シカマルは命じている。

「まどかイッキュウに貸しを作る」

「…………」

ミライは言葉を失っている。

シカマルは構《かま》わずつづけた。

「敵はショジョジだ。油断はするな。テントウが誘拐され、アジトに辿りついたら一気に殲滅《せんめつ》する。テントウは無傷で助けるんだ。それと……」

一度大きく息を吸い、重い言葉を吐きだす。

「ナルトには報《しら》せるな」

「えっ」

「ナルトが知れば、テントウを保護して、誘拐を阻む。それじゃ意味がねェ。テントウが誘拐され、木ノ葉の忍が助ける。その経緯《けいい》が必要なんだ」

「なにを考えてるんですかシカマルさん」

「オレを信じてくれミライ。これはこの里だけのためじゃねェ。世界の未来がかかってるんだ」

戦争を防ぐためだ。なりふりなど構っていられなかった。手を闇《やみ》に染める覚悟は、ナルトの補佐になると決めた時にできている。

汚れ仕事をやるのは己ひとりで十分だ。

「人員の構成はお前にまかせる。とにかくテントウから目をそらすな。わかったな」

「はい」

顔を曇《くも》らせながら、ミライが部屋をあとにした。

三日後、まどかイッキュウとその息子テントウが木ノ葉隠れの里に到着した。それと時を同じくして、ボルトの班が狢強盗団三名を確保したという報せが届く。その時、シカマルは火影の執務室にいた。ボルトの任務達成は、ミライによって火影にもたらされた。

「ボルトたち……。やったか！」

机に手をつき腰をあげてナルトが喜ぶ。

「へェ……。やるじゃねーか、あいつら」

言いながらシカマルは、胸のポケットから煙草を取りだし、口にくわえた。

「ミライおめー、火ィ持ってね？」

問うたシカマルを、ミライが呆《あき》れた目で見つめ、それから淡々と言葉を吐く。

「ココ禁煙ですよ、シカマルさん」

「わーってるよ」

ミライの瞳を見つめる。二重に輪を描くミライの目の奥に、決意の光があった。

〝過日《かじつ》の任務はしっかりと遂行《すいこう》しています……〟

声にならない報告を、シカマルは心で聞いた。ちいさくうなずいてから、ミライに語りかける。

「ところで今『3人』って言ったな……。頭領の『ショジョジ』は現れなかったか」

「屍分身のショジョジョジか……」

虚空《こくう》をにらみながらナルトがつぶやく。友に答えるように、シカマルは言葉を吐いた。

「ああ……。手配帳《ビンゴブック》の大物だ。殺した人間の姿や声はおろか『記憶』までもコピーして変《へん》化《げ》しやがる……」

「早くなんとかしねーとな」

けわしい友の声を聞いて、やはり伏せておいてよかったと思う。テントウ誘拐をナルトが知れば、事件は未然に防がれるだろう。

ナルトの目を狢からそらさなければという想いで、シカマルは語る。

「ま、狢のことはオレらにまかせとけ。お前は今日の『会談』に専念するんだ」

会談という言葉に気を取られるナルトを前にして、シカマルは罪の意識にさいなまれていた。


おどろくべき事態が起こった。

狢に囚《とら》われたテントウを、ボルトたちが救ったのである。里にいる間、テントウの世話係として、ボルトが彼に寄《よ》り添《そ》うことになった。ふたりは心を通じあわせ、友達になる約束をしたのだという。このあたりのことはミライから逐一《ちくいち》報告を受けていた。

ボルトの世話係としての任務が終わった時を見はからうようにテントウが誘拐されたことを知ったボルトは、単身狢のアジトに乗りこみ、途中から助けに入った班の仲間たちとともに、彼を無事に救出したのである。しかも、狢の頭領ショジョジを捕らえるという大《おお》手柄《てがら》のおまけつきだ。
ミライが用意していた突入部隊は出番がなかった。

「ボルトじゃなかったらどうなっていたか。よくやってくれた。まぁ、イレギュラーな事態だが、木ノ葉の忍がテントウを助けたということは確かだ」

「すみません」

ミライが頭をさげる。

「お前が謝ることじゃねー。辻褄《つじつま》はあってんだ。気にすんな」

「はい」

「シカマルさん」

「なんだ」

火を点けずに煙草をくわえる。

「シカマルさんはなにをしようとしているのですか?」

椅子に座ったまま一回転する。そうしてふたたびミライに正対すると、シカマルの目に前線を駆け回っていたころの光がよみがえっていた。

「負けられねぇ勝負をしかけに行く」

五

「もう一度、イッキュウと話をしてくれ」

火影の椅子に座るナルトに、シカマルは言った。青色の瞳を大きく見開き、ナルトが不思議そうな顔をする。

「なんでだってばよ。この前、やったばかりじゃねーか」

「今度は、こちらから火の国に出向いていく」

溜息を吐いてナルトが身を乗りだし、机に肘《ひじ》をついた。

「このごろ少し変だってばよ」

「変でもなんでもいいから、すぐにイッキュウに連絡を取れ」

「いったいなにを話すんだ？」

「土の国についてだ」

殺気走った目でにらむシカマルを、穏やかな表情で受け止めつつ、ナルトはゆっくりと問いかける。

「その件については、この前の会談でしっかりと話したってばよ。イッキュウ殿《どの》のほうからも、土の国へは働きかけるっていう確約も得ている。火の国に行って、二度目の会談を持つ必要なんかねーだろ」

「あの時といまでは状況が違う」

「誘拐事件のことを言ってんのか？」

黄色い眉が吊りあがり、やさしかった火影の目にきびしさが宿る。

「シカマルお前、テントウ殿が誘拐されること、前もって知ってたそうじゃねェか。ショジョジたちをわざと泳がせて、テントウ殿を誘拐させて救出させる手筈《てはず》だったんだろ？」

すでに終わったことである。前もって知られると面倒だっただけだ。いまさら知られても、どうということはない。

シカマルは悪びれることなく、うなずいてから答えた。

「お前に黙っておけと命じたのはオレだ」

「イッキュウ殿に貸しを作るためだろ？」

火影としての責務《せきむ》を経《へ》て、ナルトもこういう駆け引きを考えることができるようにはなった。だが、暗い手は決して使いたがらない。それでいいし、使ってもらいたいとも思わない。ナルトはつねに光でなければならないのだ。影はシカマルが請け負う。それでいい。

わざとらしく鼻で笑い、シカマルは肩をすくめてみせた。

「そこまでわかってんなら、もう一度会談をやる意味もおのずと知れるだろ」

「そういうことを言ってんじゃねェ。近頃のお前はなんだか変だってばよ！　五影たちに影首縛りの術をかけて脅《おど》したり、テントウ殿の誘拐を見過ごしたり……」

「見過ごしたわけじゃねー。厳重《げんじゅう》に監視していた。ボルトたちが助けなくても、テントウは傷ひとつなくイッキュウのもとに戻ってた」

「万が一テントウ殿が殺されでもしたら、どうすんだってばよ！　お前は責任が取れるのか？　子供を交渉《こうしょう》の道具にするなんて真似《まね》、オレは許さねェ」

「お前がこういうことが嫌いなことは、昔から知ってる。だから、オレがやったんじゃねーか」

「シカマルッ！」

ナルトが立ちあがって、机を回り、シカマルの襟首をつかんだ。

「なんでもかんでもひとりで抱《かか》えこみやがって。もっとオレを信用しろ」

襟をつかまれたまま、シカマルも負けずに語る。

「お前が火影だからこそ、オレはここでこうしてやれている。お前を信用しているからこそ、五影会談も、テントウの時も、オレはオレのやり方を貫けたんだ」

「イッキュウ殿に貸しを作ってまで、お前はなにがしてーんだ」

「五大国の大名の会談だ」

「お前……」

ナルトが手を放す。首をさすりながら、シカマルは淡々と語る。

「もはや忍で話すだけじゃ埒が明かねェ。事態は、大名が集まって話さねェと、どうにもならねーところまできてる」

溜息を吐いたナルトが目を閉じ、首を左右に振った。

「オレも必死に考えてるんだってばよ。このままじゃいけねーことくらいわかってる。もう二度と戦争なんかやっちゃいけねェんだ。でも動こうにも、道が見えねェ。岩隠れに行って黒ツチと一対一で話そうとも思ったが、それでどこまで事態が改善するかわかんねェってばよ」

「お前らしくねーな」

目を丸くしてナルトがシカマルを見る。微笑みながらシカマルは、長年の盟友《めいゆう》に語った。

「思いついたら即行動。昔のお前はそういうヤツだっただろ。悩む暇があるなら動く。いつもそうやって道を開いてきた」

「そうだな」

開いた両手を見つめながら、ナルトが寂《さび》しそうにつぶやいた。

「大人《おとな》になると、いろいろと面倒なことが増《ふ》えて、身体が重くなるってばよ。責任が重くのしかかって、足が前にうごかねー。もっとこうしたほうがいいんじゃねーか。いやこっちのほうが正しい。そんなことばかり考えちまう」

ナルトは、日頃弱気なことをいっさい言わない。火影としてみなの先頭に立ち、つねに前向きな姿勢で木ノ葉隠れの里を導《みちび》いている。そんな男でも悩むのだ。悩んで身体が重くなる。里の誰よりも重い責任を両肩に負う男が、自分の思いのままに突っ走れるわけがない。

ナルトはシカマルにだけ、たまに弱音《よわね》を吐く。シカマルしか知らない、ナルトの弱い一面だった。

「ちょっと屋上に行かねーか？」

「煙草か」

にやりと笑ってシカマルはうなずいた。

「しょーがねーな」

先導するシカマルの背をナルトが追う。

ふたりして屋上にあがると、シカマルは煙草を取りだし、火を点けた。肺の奥まで煙を流しこんでから、ゆるゆると紫煙を吐きだす。眩《まぶ》しい青空に、煙が溶《と》けてゆく。

西から東へと流れてゆく群雲《むらくも》を見あげながら、シカマルは隣に立つ親友にむかってつぶやいた。

「大人になって、家族をもって、めんどくせーことばかりだ。すべてを放りだして、ひとりになりてーと思う時が、たまにあるぜ」

「オレはいまが、一番幸せだってばよ」

「お手本みたいなことばかり言うようになったな。昔はもっと自分に正直だったぜ、お前」

「そうかもな」

ふたりして笑い、シカマルは中程《なかほど》まで灰になった煙草を吸う。

「グダグダと面倒なことを考えちまうようになって身体が重くなった分だけ、昔よりいろんな策を思いつくようになった。昔なら思いつかなかったようなことが、いまだから考えられるようになってる。恐れて動けなくなったわけじゃねー。最善の一手を指《さ》すために、長考できるようになったんだ」

「自信満々にお前が言うと、どんなことでも正しく思えるってばよ」

「少なくとも、オレ自身は正しいと思ってしゃべってるぜ」

根元まで灰になった煙草をもみ消し、円柱形の灰皿に落とす。吸い終わってもふたりは、屋上を去ろうとしない。

「おいナルト、オレは絶対に諦めねー。なにがあっても戦争は避けなきゃなんねェんだ」

「オレだってそう思ってるってばよ」

「薄氷の上を渡るようなけわしい道だ。なりふりなんか構ってられねー。戸惑《とまど》わせること
もあるだろう。お前が嫌悪《けんお》するような手を打つこともあるかもしれねー。それでも信じて
くれ。オレは、最後の最後まで平和を諦めたくねーんだ。アスマやネジの時のような想い
を、ボルトやシカダイたちにさせたくねェ」

「わかった」

シカマルの背中に熱い掌《て》が触れる。

「お前を信じてるってばよ」

「本当に火影らしくなったな」

言って煙草をもう一本口にくわえた。すみやかに火を点け、煙を吐く。

「最近、本数が増えてるぞ」

煙たそうに掌を顔の前でひらひらさせながら、ナルトが口をとがらせて言った。素知《そし》ら
ぬふりで煙を吐きながら、シカマルはにやけ面《づら》で答える。

「めんどくせーことが終わったあとに吸ってるだけだぜ？」

「いやいや、確実に増えてるって」

「そんだけめんどくせーことが増えてるってことだな」

「そんなの言《い》い訳《わけ》にもならねーってばよ」

「だな」

笑いながら二本目を最後まで吸い終わる。そして、反撃を開始した。

「そういうお前だって、ラーメン喰《く》う回数が、結婚する前より増えてんじゃねーのか？」

「ぐっ……」

「仕事が夜中までかかるのをいいことに、毎晩のように一楽《いちらく》に行ってるだろ。そろそろ考えねーと、おたがい腹にくる歳《とし》になってきたんだ。太った火影なんて、様《さま》にならねーぞ」

「ちゃ、ちゃんと鍛《きた》えてるってばよ。ラーメン食べた分は、しっかり消費してるから大丈夫だ」

「本当か？」

「た、多分……」

「しょーがねーな」

笑うシカマルの手に、三本目。

「吸いすぎだって言ったばっかだってばよ！」

「うるせーな。ラーメン喰いすぎ七代目のくせして」

「そっちこそ、うるせーってばよ！」

「事実を言っただけだろ」

どちらからともなく短く笑って、悪ふざけを止《や》める。そして、眼下に広がる木ノ葉隠れの里を見おろす。

「火の国の大名のとこに行く。お前も来るんだろ？」

「当たり前だ」

「五大国大名会談。実現させなきゃなんねーな」

「テントウ救出の貸しをしっかりと使う。お前が言いづらいのなら、オレが言ってもいいんだぜ」

「お前の覚悟はわかった。オレも少しは頑張ってみるってばよ」

「頼りにしてるぜ火影様」

「お前に様とか言われるとなんか、悪意を感じるってばよ」

「気のせいだ気のせい」

ナルトの背を軽く二度叩いて、シカマルは煙草を灰皿に放り、背をむけた。

「そろそろ仕事しねーとな」

「話はまだ終わってねーってばよっ！」

子供のころを思わせる無邪気《むじやき》な火影の声を背に受けるシカマルの顔は、次の戦いに備《そな》え、けわしく引き締まっていた。

六

「いったいどうしたというんだい？」

遅れて現れた火の国の大名・まどかイッキュウは、ナルトと机を挟んでむかいあう革張《かわば》りのソファーに腰をかけた。イッキュウが木ノ葉隠れの里を訪れての会談は、数日前に終えている。十日も経《た》たぬうちの二度目の会談であった。今回はナルトとシカマルがひそかに火の国に入り、非公式な形での会談である。そのため議場は、イッキュウの邸宅《ていたく》が選ばれた。日々多くの人が出入りする大名の邸宅ならば、扮装《ふんそう》すれば気づかれることもない。そのあたりのことを十二分に考慮したイッキュウの気の利《き》いた申し出であった。

ナルトとシカマルは、邸宅に肉を運ぶ業者に紛《まぎ》れて忍びこんだ。

そしていま、ふたりならんでイッキュウと相対《あいたい》している。

ナルトを見つめ、イッキュウが語りかけた。

「是《ぜ》が非《ひ》でもと君が言うんだ。余程《よほど》のことなのだろう？」

「はい」

真剣な面持ちでナルトがうなずく。それを見て、イッキュウが掌をかかげる。

「その前に、ひとこと礼を言っておかなければならないな。君の息子がテントウを助けてくれたこと、本当に感謝している。狢といえば悪逆非道《あくぎやく》な強盗団として有名だ。事件が長引いていたら、息子はどうなっていたか……。そう思うと、君の息子にはどれだけ感謝しても足《た》りない。本当にありがとう」

髪をとがらせたイッキュウの頭が、深々とさがる。

「止《や》めてくれってばよ。礼を言われるようなことはしてねェってばよ」

「私にできることがあったら、なんでも言ってくれ。できる限りのことは協力させてもらう」

この言葉のために、狢を泳がせていたのである。

攻めの一手を打つのはここだ……。

シカマルの心を読んだかのように、ナルトが膝《ひざ》に手を突き、大きく身を乗りだしてイッキュウに語りかける。

「前日の会談で報告した土の国の件なんだけどよ」

「うむ、由々《ゆゆ》しき事態だと私も思っている。早急に土の国に連絡を取り、真相究明に努《つと》めよう」

「それじゃあ遅いってばよ」

シカマルの想いをナルトが代弁する。自分のプランを否定されたイッキュウが、わずかに眉を吊りあげたが、若き火影は構わず話を進めた。

「会談後に木ノ葉に入った情報だと、華の国侵攻に備え、雲隠れの忍たちが里に結集をはじめてるってばよ。もし土の国が侵攻をはじめれば、雲隠れはすぐにでも救援にむかう……。そうなれば五大国のうちの二国が争うことになっちまう。岩隠れと組んでる霧隠れも加《くわ》われば三国……。木ノ葉はまた、戦乱に巻きこまれちまうってばよ」

「事態が逼迫《ひっぱく》していることは、私にもわかっている。だから、すぐにでも土の国に連絡を取ると言っているじゃないか。こちらの視察団を受け入れてくれれば、その間は土の国も下手な動きはすまい。時を稼《かせ》ぎ、その間に華の国侵攻の証拠《しょうこ》を得られれば、不当な侵略《しんりゃく》を責《せ》めることができる」

「不当な侵略だと知られても土の国が侵攻を強行すれば、視察団なんて関係なくなってしまいます」

二人に割りこむようにして、シカマルが口を開いた。怪訝《けげん》な表情を浮かべながら、イッキュウが不満の視線を投げてきたが、構わずつづける。

「土の国は不当な侵攻であることなど重々承知しています。だからあらかじめ、五影会談の席上で五影の関係に亀裂《きれつ》を生じさせるような提言を土影にさせました。不当であるからこそ、すべてが敵に回ることを恐れたのでしょう。おそらく私たちが知らぬ間に根回しを進めていたはず。霧隠れの懐柔《かいじゅう》も、かなり早い段階から始まっていたと考えたほうがいい。すでに事態は最終局面に差しかかっているのです。悠長《ゆうちょう》に視察団など送っても、体《てい》よくあしらわれて、送り返されるのが関《せき》の山《やま》です。その間にも裏では着々と準備が進められている。視察団が帰途にあるうちに、土の国と岩隠れが動くなんてこともありうる話です」

「君は……。シカマル君だったね」

顔をしかめてイッキュウが問うのに、シカマルはうなずきだけで答えた。大名にいい顔をしているような暇はないのだ。

火の国の壮年《そうねん》の大名は、自尊心を保《たも》つように口をへの字に曲げながら、抗弁してみせる。

「急《せ》いては事をし損じるという言葉もある。過剰《かじょう》に土の国を突《つつ》いて、怒らせてしまっては元も子もないじゃないか。どこまでも穏便《おんびん》に話を進めるのが、交渉ではなによりも肝要《かんよう》だと思うがね」

「そういうレベルはとっくに過ぎているんです」

「シカマル……」

激昂《げっこう》しそうになるシカマルを、ナルトの落ち着いた声が止める。一度、鼻から息を吸って、シカマルは平静を保ちながらつづけた。

「このままでは十日もせぬうちに戦争が始まってしまいます。視察団などという牽制ではなく、もっと直接的な動きをしなければ、事態は打開できません」

「直接的な動きと言うが、君に策はあるのかね？」

シカマルはイッキュウの問いに淡々と答えた。

「火の国は五大国随一の国力を誇《ほこ》ります。その力を全面に押しだして、五大国大名会談を提言していただきたい」

「ご、五大国大名会談だと……」

イッキュウが言葉に詰まる。

シカマルは押す。

「これまで五大国の大名が一堂に会したことは、長い大陸の歴史のなかでも数度。前回の会議は私の曾祖父《そうそふ》の代のころです。しかしだからといって前例がないわけではない。画面ごしの会議ならばこれまでにもあった。火の国の大名が働きかければ、土の国も従わざるをえない」

「それは、威《おど》しを含むということかね」

「もちろんです」

淡々とシカマルが答えると、イッキュウの喉仏《のどぼとけ》が大きく上下した。

「き、君は、火の国は土の国の敵に回れと言っているのか？」

「あくまでそういう態度を見せるのです。ここで会談を断れば、どういうことになるのか。そういう威しを土の国にかけて、会談の場へと引きずりだしていただきたいのです」

シカマルの肩をナルトがつかみ、イッキュウにむかって口を開く。

「オレからも頼むってばよ。なんとかして戦争を止める。その一心で、こいつは必死に考えてんだ。五大国の大名会談も、平和のためなんだ。シカマルは会談が終わった先の先まで考えてる。どうか、この男の頼みを聞いてほしいってばよ」

ナルトが自分のために大名に頭をさげている。火影を支えると誓ったはずの自分が、ナルトに助けられている。

胸が熱くなった。

忍者学校《アカデミー》の落ちこぼれと、面倒くさがりは、木ノ葉のため、すべての国の平和のために、火の国の大名と相対するほどの忍になった。

ありがとう……。

ナルトだけではない。師に、仲間に、里のすべての人に、ここにいま生きているという現実に、自然と感謝の気持ちが湧《わ》きあがってきた。

「会談に土の国の大名を引きずりだせば、直接糾弾《きゅうだん》できる。もちろん雷の国も黙っていないはず。五人の大名が腹を割って話し、平和を求めれば、かならず戦争はさけられます。そのためにもイッキュウ殿のお力をお貸しください！」

シカマルはソファーから下りて床に手をつき頭をさげた。

こんな安い頭ならいくらでもさげてやる。それで可能性が失われないのなら、安いものだ。平和への道を絶《た》やすわけにはいかない。どんなに細くけわしい道であろうと、なんとしてもすがりつくのだ。

「見苦しいことはやめたまえ」

これが見苦しく見えるのか？

シカマルは心中でイッキュウに問う。

オレの戦う姿はそんなに醜《みにく》いか？

それでもいい。わかってもらう必要などない。

だが……。

「わかったと言ってくださるまで、オレは動きません。イッキュウ殿はさっきおっしゃいました。自分にできることはなんでもすると。もしも木ノ葉に少しでも、恩義を感じてくださるのなら、どうかいま返してください。お願いします。なにがあっても、この会談だけは実現させなければならないんです。どうか」

　策に嵌《は》めてうなずかせることは簡単だ。思いどおりに動かすだけなら、瞳術《どうじゅつ》を使っても構わない。しかしそうやってイッキュウを操っても、会談の席でぼろが出る。心のこもらぬ言葉では人は動かない。イッキュウ自身が、心底から納得《なっとく》しなければ意味はないのだ。

　だからシカマルも全身全霊で真正面から、イッキュウと相対する。

　自分には似つかわしくないやり方だ。でも、これしかない。

「頼むってばよ」

　隣でナルトが土下座をした。

「おいおい、火影殿まで……」

「こいつがこんなことするのを、オレははじめて見たってばよ。いつも小器用に立ち回って涼しい顔してるヤツなんだ。そんなこいつが、なりふり構わず頭をさげてる。どうか五大名の会談を。土の国の大名を動かしてほしいってばよ！」

「まいったね……」

　ソファーに深く腰をうずめ、イッキュウが肩をすくめた。

「君たちの船に乗るということは、私も腹をくくらないといけないということだ」

「戦争がはじまっちまえば、腹をくくるもなにもねェってばよ」

「そうか、君たちの言うとおりかもしれないな。明日、戦争がはじまれば、私のあずかり知らないところで、事態はみるみる深刻化してゆくのだろう。その時になって後悔《こうかい》しても、遅いのだね」

「はい」

シカマルは短く答えた。その声に、イッキュウの笑い声が重《かさ》なる。

「君の息子、ボルト殿には返しきれない借りがある。それを少しでも返せるのなら、協力しようじゃないか。いや……」

そう言ってイッキュウが立ちあがった。そして重たそうな長机を回りこみ、土下座をつづけるふたりの間にしゃがんだ。

「火影とその有能な参謀《さんぼう》にここまでさせたんだ。協力しようなんて生温《なまぬる》い言葉は止《よ》そう。一緒に戦わせてくれ」

おどろくほど柔《やわ》らかく、やけに熱い掌が肩に触れた。

一緒に戦わせてくれ……。

想定以上の回答だった。

「奮戦」

SHIKAMARU SHINDEN

一

久しぶりに家で夕食をすませた。風呂まではまだ少し時間がある。テマリの態度は結婚記念日を忘れてすぐのころよりは、幾分《いくぶん》和《やわ》らいではいるが、忙《いそが》しい日々のなかでシカマルのほうから歩み寄ることもなかったため、まだ硬い。家族が食べ終えた食器を洗う背中を、卓袱台《ちゃぶだい》の前に座りながら肩越しに見る。

なんと言って話しかければいい……。

この前のことは悪かったと言うか。いや、蒸《む》し返《かえ》して面倒《めんどう》なことになったらまずい。なにもなかったように、気楽に話しかけるか。とつぜんなんだ？　と、正面から問いかけられたら、答える言葉が見つからない。そう考えると、やはりあの時、いのの店で花を買い忘れたのは痛かった。テマリに謝《あやま》るための花だというのは、いのも知っている。買い忘れたからといって、家まで届けてくるような無粋《ぶすい》な真似《まね》はしない。シカマルがふたたび店に現れるのを待っているはずだ。

くどくどと愚《ぐ》にもつかないことを考えている間に、シカマルの目は開け放たれた窓の下にむいた。暖かい夕日を受けながら、シカダイが縁側《えんがわ》に座ってゲームをやっている。ゲーム機もソフトも、名前は知らない。すでにシカダイは自分で稼《かせ》いでいる。よほどの無駄遣《むだづか》いがなければ、テマリもとがめない。息子《むすこ》の金遣《かねづか》いで妻が叱《しか》りつけたということは知らないし、聞いてもいないから、シカダイはシカダイなりに考えながらやりくりしているのだろう。

「ひとつずつ片づけていくか」

ふたりに聞こえぬようにつぶやいてから、息の塊《かたまり》をひとつ軽く吐いて立ちあがった。ゆっくりと息子の背中に近づいてゆく。そして、声もかけずに隣に座った。

ゲーム機の画面をのぞきこむ。なにやらいかめしい鎧姿《よろいすがた》の大男が、妙なものと戦っている。機械的な音が耳を刺す。シカダイの両手の指が、せわしなく動いている。その度《たび》に、画面のなかの大男が、乱暴に武器を振り回す。

「おもしれーのか、それ？」

「ん、まー」

肯定《こうてい》とも否定とも取れぬ声をシカダイが吐いた。いまは手が離せないのだろう。父親の問いに答えている暇もなさそうだった。

しばらく黙ってゲームの画面を見やる。

大男がはげしく動くたびに、息子は〝おっ〟とか〝よしっ〟などと口走った。よほど集中しているのだろう。シカマルのことなど、眼中にない。

強い相手と将棋《しょうぎ》を指《さ》している時、思えばシカマルも周囲のいっさいが見えないことがある。視覚はおろか、聴覚《ちょうかく》さえも仕事を忘れ、次の一手を導《みちび》きだすために全神経が脳に集中するのだ。目が映《うつ》しだすのは盤上の駒《こま》のみ。相手すらも見えなくなる時がある。一度など、あまりに集中しすぎて周囲の音がいっさい聞こえなくなってしまい、相手に揺さぶられて我に帰ったこともあった。

これも血か……。

指先が折れんばかりにボタンを押す息子を見ながら、シカマルは思った。

「ぬぁーッ！」

鎧の大男がぼろぼろになって倒れると、シカダイは両腕をあげて唸《うな》った。右手に持ったゲーム機を一度庭に投げようとして、思《おも》い止《とど》まって溜息《ためいき》を吐《つ》く。

「くそっ！　すげーいい調子だったのに。あそこでブーストはねーだろ。また最初からかよ、めんどくせー」

がっくりと肩を落としてつぶやく息子に語りかける。

「そんなにおもしれーのか、それ？」

ようやく父の存在を再認識したシカダイが、肩を落としたまま答える。

「まぁね、友達もやってるし、レベル上げしとかねーと、めんどくせーから」

「友達がやってるから、やってるのか？」

「そういうわけじゃねーけど」

わずかに頬《ほお》をふくらませて息子が答える。ふたりの間にゲーム機を置いて、両手で身体《からだ》を支《ささ》えながらシカダイは座り直した。

「けど、なんだ？」

「心底からおもしれーかと聞かれたら、それほどでもねーような気もするし。じっさい、最近は惰性《だせい》でやってるよーなところもあるし……」

ずいぶん大人《おとな》びた物言いをするようになった。まだ子供と呼べる歳《とし》でありながら、一人前の忍《しのび》として戦っているのだ。他の子より多少は物事が見極《みきわ》められるのは、当たり前かもしれない。

「惰性でもやっちまうのか？」

うなずきつつシカダイが答える。

「まぁ、このゲームは底なしだから」

「底なし？」

「同じクエでも装備が違えば……」

「ちょ、ちょっと待て。クエってなんだ」

「クエスト」

面倒《めんどう》くさそうにシカダイが顔をしかめて答える。そうか、とシカマルが答えると、息子はつづきを語りはじめた。

「装備や属性《ぞくせい》によって、難易度《なんいど》は変わるし、単純にレベル上げしてりゃ勝てるってわけじゃねーんだ。だいたいクリアって概念《がいねん》自体、このゲームにはねーからな」

ゲームはクリアするためにやるのではないのか？

シカマルは首をかしげながら、このゲームの先生に疑問を投げかける。

「クリアしねーで、なにをするんだ？」

「クエを楽しむんだ。友達と集まって遊ぶと、ひとりとは違って連携《れんけい》や協力がおもしれーし、ひとりの時は、みんなで遊ぶ時の準備をする。でも、ひとりの時にそれまでマルチでしか」

「マルチ」

「みんなで遊ぶこと」

中断させたことを謝るようにシカマルがちいさく頭をさげると、シカダイはつづけた。

「マルチでしか倒せなかった敵がひとりで倒せた時の達成感は、ハンパじゃねー」

「なんだ、けっきょくおもしれーんじゃねーか」

「まーね」

言ってシカダイが笑う。

ゲームの講釈《こうしゃく》が終わり、話がひと段落ついた。親子は黙ったまま、夕焼けに染まる庭を見つめる。

シカマルは用意していた言葉で、沈黙をやぶった。

「Sランク任務のことだが……」

シカダイは黙ったまま聞いている。布団《ふとん》をかぶって背中をむけた先日のように、拒絶しない息子の態度を受け止め、シカマルは勇気を出して語りかけた。

「いろいろと話を聞いた。オレのせいでお前に迷惑がかかったみてーだな」

息子は黙ったままだ。

「すまなかったな」

「父ちゃんが謝ることじゃねーだろ」

シカダイの言うとおりだ。たしかにシカマル目当てでシカダイに近づこうとしたのは、依頼主である。すべてはシカマルのあずかり知らぬところで、起こったことだ。

「オレの立場が、お前に影響を与えるなんてことは、思ってもみなかった。オレの存在でお前の忍道《にんどう》に影を落としたんだ。謝るのは当然だ」

「忍道に影を落とすなんて、そんな大げさなことじゃねーよ。いきなりSランクなんて、めんどくせーから断《ことわ》った。それだけのことだよ」

庭を見つめたまま、シカダイが笑う。その口許《くちもと》が寂《さび》しそうに思えた。

「めんどくせー、か」

「そう、めんどくせーんだよ、だいたい。ちょっと中忍《ちゅうにん》試験の時に調子がよかったくらいで、どいつもこいつも騒ぎやがって。オレはそんなに大したヤツじゃねぇんだよ。これ以上、面倒事が増《ふ》えるんなら、中忍になんかならなくたっていい」

「昔、おなじようなことを思ってたヤツを、オレは知ってるぞ」

「誰?」

シカマルは己《おのれ》の鼻先を指さした。

「父ちゃんが?」

目を白黒させながら、シカダイがおどろく。

いまのシカマルの姿からは、想像できないかもしれない。極度の面倒くさがりで、そこそこで満足するような少年時代など。それでもたしかに、昔のシカマルは〝それなり〟の人生を夢見る少年だった。

「お前なんかより、オレのほうがひどかった」

微笑《ほほえ》みながら息子に語る。

「とにかくなにをするのも面倒で、何事も〝それなり〟にやれてりゃ十分。それなりの人生をのほほんと過ごして死んでゆくのが、オレの夢だった。目立つ気もなかったし、出世しようなんて思ってもみなかった。誰かに褒《ほ》められても、めんどくせーのひと言《こと》で受け流して、とにかく面倒事に関《かか》わらずに生きようと必死だった」

「ほんとかよ」

「オレはお前の父親だぞ。お前のその性格はオレ譲《ゆず》りだ。そう考えると、いまの話も信じられるだろ?」

妙な理屈だが、筋《すじ》は通っている。

シカダイもうなずくしかなかった。

「だがな……」

夕闇《ゆうやみ》に沈む虚空《こくう》に、サスケ奪還《だっかん》作戦の時の傷ついた仲間たちの幻想が浮かぶ。

「避けようとしていた面倒事が、オレを変えていった。目を背《そむ》けようとしても背けられねー面倒事を乗り越えてゆくたびに、これじゃいけねーって思いが強くなっていった。どんなにめんどくせーことでも、目を背けず真正面から立ちむかう。そうすることで、オレは本当の自分になれたような気がする」

「じゃあ、昔の自分は本当の自分じゃなかったのかよ？」

「そん時は、それなりの人生を歩《あゆ》む自分が、オレらしいと思っていたんだが、どうやら違ったみてーだ。いまは、いまの自分が本当の自分だと、胸を張って言える」

シカダイが押し黙った。口を堅《かた》く結んで、なにかを必死に考えているようだった。大きくなった背の真ん中に、そっと触れる。

「オレはいまでも〝めんどくせー〟って言うだろ？」

息子がうなずく。

「でも、昔言ってた〝めんどくせー〟と、いま言ってる〝めんどくせー〟は違う。子供のころのオレはなにも考えずにこの言葉を吐いていた。でもいまは違う」

「どう違うんだ？」

「めんどくせー、という言葉は命懸《いのちが》けでやる覚悟があってはじめて言えるんだ。逃げる時の言《い》い訳《わけ》に使っていい言葉じゃねーんだ。めんどくせーと言ったからには、どんなことがあってもやるんだ。でないと、オレとお前の口癖《くちぐせ》は、都合《つごう》がいい逃げ道になる」

「命懸けの覚悟があってはじめて言える言葉……」

「そうだ」

深く息を吸ったシカダイが、吐きだすと同時に立ちあがった。座ったままの父親を見下ろし、はにかむように笑う。

「今度、将棋教えてくれよ」

「めんどくせー」

答えて笑う父親を、息子はおどけたようににらんだ。

「風呂入ってくる」

「あぁ」

シカダイが自分の部屋に去った。

「さて」

ちいさくつぶやいて、茶の間のほうへと振り返った。

「うおっ！」

いつの間にか卓袱台の前にテマリが座っていた。いまの会話を聞いていたらしい。

「めんどくせー……。か」

冷《さ》めた目でシカマルを見つめたまま、ぽつりとつぶやく。

縁側で動きを止めたまま、シカマルは妻の言葉を待つ。

「お前にはじめてデートに誘われた時のこと、覚えているか？」

あれは黙《しじま》の国でのことだった。

シカマルのほうから、テマリを誘った。

「あの時の私の答え、覚えているか？」

「めんどくせー」

即答する。するとテマリは久しぶりに、シカマルに笑顔を見せた。

「便利な言葉だが、私はいい言葉だと思ってるぞ」

シカマルは照れくさくなってうつむいた。そしてちいさく笑ってから、ふたたび妻へと目をむける。

「めんどくせー」

夫婦で笑う。

二

画面に映しだされる五人の男たちを、シカマルとナルトは注視しつづける。彼等《かれら》は五大国と呼ばれる強国の主《ぬし》たちであった。威厳《いげん》のある者、主であることをうたがいたくなるほどに貧相な者、年齢も背恰好《せかっこう》もそれぞれである。だが、冷たい透明な画面の奥にいるあの男たちが、大陸の命運を左右する力を持っていることは間違いない。

「こういうことだとは思っていたよ」

画面の右端《みぎはし》に座る太った五十がらみの男が、不満をあらわにしながら言った。両手を天井にむけたまま広げ、首を左右に振る様《さま》がなんとも芝居《しばい》がかっている。

土《つち》の国の大名《だいみょう》、ダンジョウだ。

ダンジョウはだぶついた顎《あご》の肉を震わせ、火《ひ》の国の大名であるイッキュウをにらみながら言《い》い募《つの》る。

「忍どもが協調を謳《うた》い、五つの隠れ里が手を結んだからといって、ボクたちが足並みをそろえる必要がどこにあるのさ？　五大国は時に争い、時に手を取りながら、長年やってきたはずじゃないか。他国の政治に介入《かいにゅう》するような真似はやめてもらおう」

「そういう態度はどうかと思うが」

ダンジョウをにらみながら言ったのは、左端に座る男だった。

雷《かみなり》の国の大名、テッカンである。

太い腕をがっしと組んで、会議がはじまってからずっと、テッカンはダンジョウをにらみつづけていた。華《はな》の国侵攻《しんこう》をもっとも嫌う大名であるから、当然ではある。

「うちの国は、代々華の国とは同盟《どうめい》関係にある。それを知っての今回の決断だと言うのなら、オレも黙ってはいられんが」

「おいおい、華の国との同盟は先祖の因縁《いんねん》を引きずっているからだろ？　そんなもの守る必要がどこにあるんだい。それより今回のことで雷影《らいかげ》がずいぶんご立腹だと聞いているよ。君がこの件には手を出すなと雷影に言ってくれれば、それなりの礼はしようと思ってるんだがね。もちろん華の国との同盟よりも旨《うま》い話さ。今日《きょう》、ボクはそれを話しに来たんだ」

「ふざけるな！」

テッカンが机を叩《たた》いて怒鳴《どな》る。ダンジョウは太った身体をちいさく揺らして、卑屈《ひくつ》な笑《え》みを浮かべた。

「当代の雷影は大した男だ。先代に負けず劣《おと》らずの頑固者《がんこもの》だ。オレが言っても止まりはしない。第一、オレが止めるわけがないがな」

「それは残念だ」

言ってダンジョウが席を立とうとする。

「まだ話は終わっておらんぞ」

イッキュウがたしなめる。するとダンジョウは、腰を浮かせたまま答えた。

「もう話すことなどなにもないと思いますが？」

「あくまで侵攻は止《や》めない気か」

ダンジョウが鼻で笑った。

「座ってくれ。話をしようじゃないか」

イッキュウが言った。淡々《たんたん》とダンジョウを見つめる瞳《ひとみ》の奥に、揺るぎない光が宿《やど》る。五大国いちの強国、火の国の頂点に立つ男は、五人のなかでも一際《ひときわ》威厳に満ちていた。

これみよがしに溜息を吐いて、ダンジョウが腰を下ろす。

「これじゃあ……」

シカマルの隣で画面をにらみながらナルトがつぶやく。

「五影《ごかげ》会談と同じだってばよ。あの男は欲が顔に出ちまってる。あんな男とやっていかなきゃならねー黒ツチが可哀相《かわいそう》だってばよ」

同感だ。

ダンジョウは、太りに太った総身《そうみ》に我執《がしゅう》を溜《た》めこんでいる。おそらく今回の華の国侵攻も、この男の欲から出た話なのだろう。

「あいつに平和がぶっ壊されるなんて、ぜってー許せねェってばよ」

握《にぎ》った拳《こぶし》で膝《ひざ》を叩きながら、ナルトがつぶやいた。猛《たけ》る友に、シカマルは穏《おだ》やかに語りかける。

「マダラやオビトには志《こころざし》があった。先の大戦はそれぞれの志がぶつかりあった末の悲劇だ。あの大戦には大義があった。でも本当に怖《こ》えーのは、こういうヤツが人のてっぺんに立つことなんだな。自分の欲を満たすためなら、どれだけ人が死のうがかまわねェ。そういうヤツが、大志の上に築《きず》かれた平和を、簡単に崩《くず》しちまうんだ」

「そんなことはぜってーさせちゃいけねェってばよ」

「だから里で話しあってきただろ」

「そうだな」

ふたりで画面を注視しつづける。

大名たちの会議は、揉《も》めに揉めていた。あくまで侵攻計画を止めようとしない土の国と、感情的になる雷の国。そして、両者をなんとか落ち着けようと奮闘《ふんとう》する火の国。水《みず》、風《かぜ》の両国は、あくまで中立を保《たも》っている。五影とは微妙に異《こと》なる立ち位置で、大名たちは押し問答をつづけていた。

「このままじゃ埒《らち》が明かない。いったん休憩をはさもう」

イッキュウが切りだし、会談は中断された。ほどよいところで休憩を入れてくれと、あらかじめ打ちあわせしていた。イッキュウが、ナルトとシカマルが待つ控室《ひかえしつ》に戻ってくる。

「だめだ。ダンジョウは退《ひ》こうとしない」

ソファーに座るとイッキュウはそう言って頭をかかえた。必死に戦う大名に力を送るように、対面に座っているナルトが身を乗りだす。

「諦めたら、それで終わりです。ここはなんとかふんばらないと」

「わかっているが、策がない」

「策ならあります」

ナルトがシカマルを見た。うなずくと、火影《ほかげ》もうなずきを返す。かねてから話しあっていたことを切りだすのは、いましかない。ふたりの思いはひとつだった。

「土影《つちかげ》がオレに要求してきた、木《こ》ノ葉《は》の機密の公開を認めるってばよ。それに基《もと》づいて各里の力を一定にする。里の格差がなくなれば、他の里が木ノ葉におびえるようなことはねエってばよ」

「足《た》りない」

頭をかかえたままイッキュウがつぶやく。そして顔をあげ、言葉につまったナルトを見《み》据《す》えてつづけた。

「五影同士の話しあいならば、それで十分かもしれないが、木ノ葉の機密公開による軍事力の均一化などと言っても、大名たちは納得しない。ダンジョウは純粋に華の国を欲しているんだ」

大名を動かしうる手駒《てごま》……。

シカマルは歯噛《はが》みする。

そんなものは忍である自分にはない。策はある。が、それは大名が採《と》るべき道であって、忍であるシカマルには決して口にできないものだ。呆然《ぼうぜん》とするふたりを見つめて、イッキュウが目を閉じ、深く息を吸った。腹にためた息を一気に吐きだしてから、一度大きくうなずいた。

「よしっ。決めた」

ふたりは黙ってイッキュウの言葉を待つ。

「火の国の領土のなかにはいくつかの飛び地がある。さいわい土の国の国境付近に、かつて私の祖父が奪《うば》い取《と》った、華の国に若干《じやつかん》足りぬくらいの領地がある。あそこはもともと、土の国のものだ。民《たみ》の心にも土の国の民であったころの気持ちが、いまだに根づいている。それを割譲《かつじょう》しよう」

「割譲……」

シカマルがつぶやくと、イッキュウは力強い笑みを浮かべた。

「待ってください」

大名とふたりをへだてる机に手をついて、シカマルは叫んだ。

「領地の割譲は、負けを認めるようなもの。戦わずして、土の国に敗《やぶ》れるということです」

「たしかに」

シカマルの言葉を手で制し、イッキュウが語る。

「君の言うとおり、他国に領土を与えるという行為は、敗北を意味するのかもしれない。しかし彼《か》の地に住む民にとっても、土の国に返すほうが良いと思う。私はかねてからそう思っていたんだ。君が心配することではない」

「でも……」

「私は君たちとともに戦うと言った。戦うと決めたのならば、私も腹をくくらなければならんだろ」

イッキュウの決意を目《ま》の当《あ》たりにし、シカマルは気を引《ひ》き締《し》める。イッキュウの覚悟に応《こた》えるためにも、思考をフル回転させ言葉を紡《つむ》ぐ。

「領土の割譲は、五大国のみで決められることではありません。中小の近隣諸国にも影響のあることです」

「たしかに、そうだな」

イッキュウがうなずく。シカマルはつづけた。

「大陸全土の国々の主要な者、大名だけではなく、側近《そっきん》たちもすべて呼んで、大会議を行いましょう。そこには当然、割譲される土地の代表も呼びます」

本来は、木《こ》ノ葉《は》隠《がく》れの里の機密情報の公開と引《ひ》き換《か》えに出すはずだった策だ。しかしイッキュウの決断によって、これを押しだす力は格段に増した。

「そんなことはいままでに前例がないぞ」

「前例なんかなくてもいい。大陸いちの強国である火の国が、戦わずして領土を割譲しようというのです。その決断は、すべての国に影響を及《およ》ぼす。全大名、そしてその側近たち、割譲される土地の人々すべての承認があってはじめて、認められるべきことです」

「うむ……」

イッキュウが机をにらんで考える。シカマルは、かねてから用意していた言葉を口にする。

「全大陸会談!」

イッキュウが息を呑《の》んだ。そしてつぶやくように言う。

「全大陸会談……。そんなことが本当にできるのか。私には見当も付かない」

「やる前から無理だと決めつけていては、なにもはじまりません」

「しかし無理なものは……」

シカマルは退《ひ》かない。

「まずは五大国の大名たちに話してみましょう。ダメなら、それから考えればいい。策はいくらでもオレが考えます！」

ナルトがシカマルの策の後押しをするように、口を開いた。

「これしか戦争を防ぐ手は残っていません。どうか、お願いします」

シカマルも頭をさげる。

しばしの沈黙の後、イッキュウが腰をあげた。

「やってみるだけの価値はあるかもしれんな」

イッキュウの気配が消えるまで、ふたりは頭をさげつづけた。


火の国の大名が放った言葉を聞いた四か国の大名たちが、声を失った。

「割譲するだと？」

右の眉《まゆ》をいびつなまでに吊《つ》りあげながらテッカンが問う。

「そうだ」

イッキュウの答えに迷いはない。イッキュウはテッカンにうなずいてから、すぐにダンジョウに目をやった。

「華の国よりわずかに狭《せま》い土地だが、作物《さくもつ》はよく採れる。どうだ、ダンジョウ殿《どの》。これで手を打ってくれんか」

「し、しかしすでに侵攻の準備は整《ととの》っている。これまでに多くの金を使った」

「雷の国まで巻きこんで盛大に殺しあうよりも、犠牲《ぎせい》は少なくてすむんだ。悪い話ではないと思うぞ」

「いや、しかし！」

ダンジョウはかたくなに、申し出を拒《こば》む。あげた拳をさげるきっかけを失っている。

「火の国と木ノ葉はなにを企《たくら》んでいるんだ！　割譲などという甘い言葉でボクを丸めこんで、どうするつもりだ！」

「私はただ、戦争を止めたいだけだ」

「嘘《うそ》だ！」

ダンジョウが立ちあがって頭を振る。急に大声を吐いてはげしく動いたからか、丸い額《ひたい》に無数の汗の粒が浮かんでいた。

「ボクは認めないぞ！」

「それならば仕方がない。みんなに聞いてみようじゃないか」

イッキュウが淡々と告《つ》げた。

テッカンは腕を組んだまま、ふたりのやり取りを注視している。話しあいの決着は、イッキュウとダンジョウの手に握られていた。

「み、みんなとは誰のことだ」

「この大陸にあるすべての国の大名、そしてその側近たちにだ」

「そんなこと、どうやって」

「みなで話しあうんだ」

イッキュウが目をかっと見開いた。

「全大陸会談だッ!」

「ぜ、全大陸会談だと……」

イッキュウの言葉がダンジョウの分厚《ぶあつ》い胸を貫《つらぬ》いた。あれほど余裕に満ちていたダンジョウの顔が、いまは卑屈にゆがんでいる。

「全大陸会談を開き、土の国の華の国侵攻に対する、火の国の領土割譲をみなで話しあう。それでどうか?」

「イッキュウ、貴様……」

我欲が言葉にまで溢《あふ》れはじめた。

土の国の大名の瘴気《しょうき》を全身に浴びながら、イッキュウは小動《こゆるぎ》もしない。

「これを拒むと言うのなら、私にも考えがあるぞ」

火の国は土の国の敵になる。

イッキュウが暗に示した圧力に、ダンジョウはいまにも溺《おぼ》れそうだ。

「いいんじゃないか」

おもむろにテッカンが口をはさんだ。汗を流しつづける丸い顔をにらみつけながら、雷の国の大名はつづけた。

「イッキュウ殿の提言に雷の国は賛同する」

「私も」

風の国の大名が手をあげた。

「では拙者《せっしゃ》も」

水の国の大名もつづく。

「さぁ、どうするかね?」

イッキュウの問いに、ダンジョウはもはや抗《あらが》う術《すべ》を持たなかった。

三

たかぶる……。

深夜に仕事が終わってもなお、帰る気にはなれなかった。身体の熱を冷《さ》ますため、シカマルは人気《ひとけ》のない森へと足を踏みいれる。空には月が浮かんでいた。今宵《こよい》は満月。足元にはくっきりとした輪郭《りんかく》の影が浮かびあがっている。

印《いん》を結んだ。

幼いころより数えきれぬほど結んできた印だった。両手を交錯《こうさく》させると、考えるよりも先にこの形になっている。

腹の底にチャクラをため、一気に解放した。

足元の影が揺らめき、目の前の木へと伸びてゆく。漆黒《しっこく》の蛇《へび》と化した影は、薄藍色《うすあいいろ》の地面を這《は》いながら根が露出する太い幹《みき》へ辿《たど》りつくと、巻きつくようにして昇っていった。

枝が四方に伸びるあたりまでくると、影に満たしたチャクラをいっそう濃くする。すると影は、濃紺《のうこん》の幹を締《し》めあげはじめた。木がみしみしと悲鳴をあげる。極限までチャクラを高めた影首縛《かげくびしば》りの術は、物質に影響を及《およ》ぼす。

まだだ……。

まだ足りない。

ありったけのチャクラを、影に注《そそ》ぎこむ。

幹のいたるところから悲鳴があがる。耐えきれなくなった箇所《かしょ》が、いくつかひび割れはじめた。

と……。

チャクラが途絶《とだ》えた。木にからみついていた影は雲散霧消《うんさんむしょう》し、耐えきれぬほどの倦怠《けんたい》が身体を襲《おそ》う。

「ふぅ……」

深い溜息とともに、ひざまずく。

実戦から離れて、十年以上が経《た》っている。木一本すら砕けないほどに術がなまっていた。我ながら情けないと思う。五影会談の席上、あのままナルトが怒《いか》りにまかせて影首縛りを破ってくれなかったらと考えるとぞっとする。チャクラが切れ、術は消えさり、みなの敵意だけが残った、冷えきった会議の場を想像するだけで、シカマルはいたたまれない気持ちになる。

こんなはずじゃなかった。

そう思う時もある。

それなりに任務を果たし、それなりの妻をもらい、それなりの子を成《な》し、それなりに死んでゆく。

幼いころの理想だ。

だが現実は、シカマルを思わぬ場所へと導いた。

自分にはもったいないほどの仕事、もったいないほどの妻、もったいないほどの子……。

上出来すぎる。

現在の自分を憂《うれ》うなど贅沢《ぜいたく》だ。そんなことはシカマル自身が一番よくわかっていた。それでも、ゆるみきったもうひとつの人生に憧《あこが》れることもある。悩みという悩みもなく、それなりの任務が終わった後に、酒を呑みながら仲間にそれなりの妻の愚痴《ぐち》を吐き、帰りついてそれなりの子の寝顔を見て満足して寝る。その繰《く》り返《かえ》し。いつしか老《お》いて、それなりの満足とともに死ぬ。そういう人生だったなら、いまよりももっと心は穏やかだっただろう。

めんどくせーめんどくせーめんどくせーめんどくせーめんどくせー……。

「めんどくせぇっ!」

心のなかのモヤモヤを吐きだすように、シカマルは叫んだ。

地をつかみ、爪《つめ》の先で土を削《けず》る。

重圧に押し潰されそうだった。

「珍しいな」

とつぜん声をかけられ、土をえぐる指先をにらんでいた目をあげた。さっきまで締めあげていた木の背後に、いつの間にか人の姿がある。

黒衣……。

「お前が、そんな風《ふう》になることを、里の誰も知らないのだろうな」

人影が、ゆっくりと近寄ってくる。

月明かりが、次第《しだい》に影を照らしてゆく。

黒い髪に、黒いマント。白い顔に浮かぶ冷めた目が、シカマルを見下ろしている。

「もう戻ってたのか」

シカマルが問うと、男は無言でうなずいた。

うちはサスケ。

ナルトのライバルで、一番の友だ。幼いころに兄に一族を殺され、復讐のために里を抜け、第四次忍界大戦《にんかいたいせん》の終盤までは、シカマルやナルトたちと袂《たもと》を分かち、五影と敵対して大戦をはじめた〝暁《あかつき》〟と行動をともにしていた男である。大戦の終盤、サスケはナルトとともに戦った。ナルトとサスケの力で大戦は終わったといっても過言《かごん》ではない。その後、サスケはナルトと一対一で戦って和解。いまは木ノ葉の忍である。しかし抜け忍《ぬけにん》であったころのサスケの行動は、けっして褒められるものではなかった。一時は手配帳《ビンゴブック》に載《の》る大罪《たいざい》人《にん》にまで身を落とした。表だって里の忍として働くことを拒んだサスケは、大陸じゅうを廻《まわ》り、ナルトの影として働いている。

「ナルトのところへ行く途中だ」

一番見られたくない男に、無様《ぶざま》な姿を見られてしまった。腹から気の塊を吐きだしながら、立ちあがってサスケと正対する。

「いろいろと大変なようだな」

斜《しゃ》に構《かま》えたサスケが、横目でシカマルを見ながら問うてきた。シカマルは口をへの字に曲げながら答える。

「抜き差しならねー状況だから、お前を呼んだんだ」

朧《ロウ》と鏃《ソク》の報告では、岩隠《いわがく》れの里はすぐにでも華の国に忍を差しむけられるところまで、態勢を整《ととの》えているらしい。戦時態勢に入った岩隠れにそのままおいておくのは危《あや》ういため、すでにふたりは木ノ葉隠れの里に戻していた。

「途中で雲隠《くもがく》れを通ったんだが、かなりの忍が集められている。ダルイはなにかあったら、すぐにでも動くつもりだ」

「そうか」

全大陸会談が決裂したら戦争がはじまる。その時のために、木ノ葉も備《そな》えておく必要があった。サスケはナルトに匹敵する力を持つ。木ノ葉が戦争に介入する時は、前線で働いてもらわなければならない。

「オレの出番がこないことを祈る」

「そうならねーように、いま必死に頑張《がんば》ってるところだ」

思えば、こうしてサスケとふたりきりで語りあうことなどなかった。忍者学校《アカデミー》ではつねに優秀な成績を残し、ちやほやされながらも、それを当然のことのように受け流すサスケが、いけ好かないと思っていた。ナルトのように正面から敵対することはなかったが、近寄りたくなかったから、あえて避けていたように思う。

忍になってからは、たがいに任務に忙しく、話す機会は学校のころよりも減《へ》った。サスケが里を抜けると、里に戻してふたたびともに戦いたいと願うナルトとは違い、シカマルは、サスケはあくまで抜け忍であると線を引いた。

いまにして思えば、サスケとわかりあおうと思ったことは、シカマルには一度もなかったかもしれない。

「これまでのことは、遠くからずっと見ていた」

地で揺れる葉っぱの影を見つめながら、サスケが言った。シカマルは黙ったまま、つづきを待つ。

「五影会談、五大国会談、そして全大陸会談……。全部お前の描いた絵図なんだろ？」

「オレは神様じゃねーんだ。そんなことはできねーよ」

その時その時を全力で立ち回り、最善と思える一手を選んだだけだ。現実は、将棋の盤上のようにはゆかない。すべての駒に感情があり、シカマルの予測など容易《ようい》に超えてゆく。しかしそれが、すべて悪いほうにむかうわけではない。五大国会談の時、シカマルとナルトが提示した条件では、大名たちは動かせなかっただろう。イッキュウの英断が、勝《か》ち筋《すじ》を失ったシカマルたちを首の皮一枚で救ったのである。

盤上の駒すべてが、全身全霊をかけて動く勝負こそが、いまのシカマルの戦場だった。

「それでも、お前がいたから、ここまでやれたんだ」

ぶっきらぼうだが、サスケの言葉には心がこもっている。

照れ隠しにシカマルは、顔を伏《ふ》せて鼻をすすった。

「あの、ウスラトンカチには、お前がいなければダメだ。お前がそばで支えているから、あいつは火影でいられる」

ウスラトンカチ……。

サスケはナルトのことをそう呼ぶ。親愛の情のあらわれらしい。シカマルに負けず劣らず、サスケも素直《すなお》ではない。

「ふっ」

思わず笑ってしまった。

「なんだ？」

サスケが目を吊りあげ問う。

シカマルは鼻を指でこすりながら答える。

「オレとお前は案外、似た者同士なんじゃねーかと思ってな」

「いいや、お前のように頭は回らない」

「いいや、お前は切れ者だよ」

「ナルトよりはな」

「そりゃ間違いねー」

どちらからともなく笑った。

サスケが顔を引き締める。

「どうだ？　うまくやれそうか」

「さぁな」

シカマルは素直に答える。

「ここまでくりゃ、あとは全大陸会談にかけるだけだ。各国の思惑《おもわく》ってのがある。土の国の大名の意見のほうにかたむけば、あとは坂を転がるように戦争へとまっしぐらだ」

「そうなって、お前は平気なのか？　オレには、ナルトよりもお前のほうが、平和な世を望んでいるように見える」

わからない。

しかし、ふたたびこの世を悲しみの螺旋《らせん》へと巻き戻してはならないのだと、心の底から思っているのはたしかだ。

おもむろに胸のポケットから煙草《たばこ》を取りだし口にくわえる。

先端に雷《かみなり》が走った。

サスケだ。雷を発する術〝千鳥《ちどり》〟である。

「贅沢なライターだな」

「今日だけは特別だ」

煙草が紫煙《しえん》をあげはじめる。

深く吸いこんでから、煙とともに言葉を吐く。

「ナルトはこの里の太陽だ。誰よりも平和を望んでいる」

「だがあいつは感情が先走る。お前がその裏で汚れたことを引き受けているからこそ、あいつは平和を望んでいられる」

「あいつが輝くためなら、オレはどれだけでも闇《やみ》に染まることができる」

目を伏せたサスケがちいさく笑った。そして、うつむいたまま照れくさそうに口を開く。

「お前だけがナルトを支えているんじゃない。オレもいる」

「あいつは火影だ。木ノ葉からは出られねー。お前が外で戦ってくれているから、あいつは火影として輝ける」

「そしてお前がそばで、火影として輝くあいつのために、影に身を染める」

似た者同士……。

ということか。

フィルターのそばまで火がせまった煙草をもみ消し、携帯灰皿のなかに放る。

蓋《ふた》を閉めて、大きく伸びをした。

「お前がそう言ってくれると、助かるぜ。仲間がいると思うだけで、すこしは楽に戦える」

「オレもおなじだ」

はじめてサスケとわかりあえた気がした。

四

「今日は鉄《てつ》の国だ。戻るのは明々後日《しあさって》になる」

白いコートに袖《そで》を通しながら、シカマルは背後に立つテマリに言った。めずらしく今日は、シカダイが卓袱台の前に座っている。どこかいつもとは違う、緊張した面《おも》持ちで、淡々と飯《めし》を食べていた。

玄関に行く前に、シカダイに言葉を投げる。

「今日は休みか？」

「あぁ」

そっけない答えがかえってきた。こちらに目をあわせようともしない。土の国の一件がどう転ぶかわからないため、里に常駐《じょうちゅう》する忍を増やしている。その影響が、若い忍たちに出てきているのだろう。

しかしそれも、もうすぐ終わる。

みなが通常の任務に戻るのか、それとも戦地にむかうことになるのか。それは、明日の全大陸会談次第だ。

「じゃあ、いってくる」

シカダイに告げ、居間の敷居《しきい》をまたいで廊下に出ようとした。

「父ちゃん」

張《は》り詰《つ》めた声で、シカダイが呼び止める。右足だけを廊下に出し、シカマルは立ち止まって肩ごしに息子を見た。右手につかんだ茶碗《ちゃわん》のなかに残った飯を見つめながら、シカダイが口を開く。

「これから木ノ葉はどうなるんだ？　オレたちはどうなるんだ？」

子供の正直な不安が、こらえきれずに溢れでた。そんな言葉だった。

「シカダイッ」

語気を強めて息子を呼ぶ。背筋《せすじ》を伸ばしたシカダイが、妻に似た鋭《するど》い目を見開いて、こちらを見た。

笑いながら、語りかける。

「お前はなにも心配すんな。明後日《あさって》になりゃ、いつもと変わらねー毎日が戻ってくる。だから、休みだからってボケッとしねーで、チョウチョウやいのじんと、修業しろ」

泣き笑いのように顔をくしゃっとゆがめて、シカダイがうなずいた。

いま大陸でなにが起こっているのか、すでに多くの忍が知っている。シカダイやテマリも、いまシカマルがなにと戦っているのか、わかっているはずだ。

シカマルは家では、仕事の話はいっさいしない。だから、テマリもシカダイも、これまでずっと黙ってきたのである。

居間に引き返し、うつむく息子の後ろにしゃがみ、頭に手を置いた。温かい頭をそっと撫《な》でながら、前をむいて話す。そんなシカマルを、テマリは黙って見守っている。

「お前の親父《おやじ》は、七代目の右腕なんだぜ。そのオレが心配すんなと言ってんだから、大丈夫だ」

「うん」

シカダイが鼻をすすった。泣くのをこらえているのだろう。一度大きく頭を揺すってから手を放し、立ちあがった。

「行ってくる」

「父ちゃん」

「ん？」

「めんどくせーだろうけど、頑張れよ」

「めんどくせーが、死ぬ気で頑張ってくるぜ」

息子に背をむけ、廊下を歩く。

框《かまち》に腰をかけ、靴を履《は》く間も、背後に立つテマリは黙ったままだ。

「よしっ」

気合をひとつ吐いて立ちあがる。

笑みを浮かべて振り返り、テマリを見た。

いつもと変わらぬ気丈《きじょう》な表情のまま、シカマルを見おろしている。

「明々後日には戻る」

うなずいたテマリが、シカマルの目を見た。

「お前にはなにがあっても裏切らない仲間がふたりいることを、どんな時でも忘れるな」

テマリとシカダイ……。

かけがえのない家族だ。

微笑み、うなずく。

「そんなことは言われなくてもわかってるぜ」

「そうか」

「あぁ」

どちらからともなく微笑む。

「なぁ、シカマル」

「なんだ?」

「記念日なんか覚えてなくても、私はなんとも思わない。まぁ、その時は少し腹も立つが、
本当はどうでもいいんだ」

素直になれない気性《きしょう》の似た者同士だ。

いまテマリは、必死に自分の正直な気持ちを伝えてくれようとしている。それだけで、シカマルには十分だった。どんな言葉だろうが、たとえ自分のことを嫌いだと言われようが、テマリが自分と真《ま》っ直《す》ぐにむかってくれていることがわかるだけで、満足だ。

いや……。

少しくらいは好きでいてもらわなくては困る。

シカマルは玄関に立ったまま、妻の言葉を焦《あせ》らずに待つ。

「あんたは仕事の話を家でしたことは一度もない。それが、私たちに嫌《いや》な思いをさせたくないからだってことはわかっている。でも、それがもどかしいんだ」

たしかにふたりに嫌な思いはさせたくないのが事実だ。

しかし、シカマルが家で仕事の話をしないのには、べつの理由がある。

家で酒を呑んで、外であったことをグチグチ吐きだすような、そんな男にはなりたくなかった。それは家族の前だけではない。外で会う誰に対しても同じだ。愚痴を吐いても一歩も前には進まない。そんなことに時間を費《つい》やすくらいなら、黙って目の前の困難に立ちむかったほうが、何倍も建設的だ。

気楽な席でボヤくことはある。だがそれは、本心からの言葉ではない。人が聞いても笑って聞き流せる程度の戯言《ざれごと》だ。愚痴とは違う。

……と、自分では思っている。

「私には話してくれ」

目を赤くして語るテマリの姿が、昔の記憶をよみがえらせる。

あれは、まだダルイ、黒ツチ、長十郎《ちょうじゅうろう》が、里の気鋭《きえい》の忍であったころだ。五影会談とはべつに、里の有能な忍たちが集められて鉄の国で会議を行っていたことがある。シカマルとテマリはそのメンバーだった。

任務減少の原因を作っていた黙《しじま》の国に単独潜入し、そこの指導者であるゲンゴを暗殺しようとしていたころのことだ。

会議のメンバーはおろか、木ノ葉の親しい者たちにも告げずに、シカマルは暗殺任務にむかおうとしていた。

気負《きお》っていたのだろう。

いつもとは違うシカマルに、テマリが誰よりも早く勘づいた。手助けすることはないかと問うテマリに、シカマルはぞんざいにないと言い放った。

「覚えているか?」

かつての仲間であり、いまは妻となった女に問う。

もちろんテマリは問いの意味がわからずに、首をかしげる。

「オレが黙の国に行く前のことだ。お前に引《ひ》っ叩《ぱた》かれたことがあったな」

ないと言ってそれ以上の詮索《せんさく》を拒んだシカマルを、テマリは思いっきり張り飛ばしたのである。

あの時、テマリは泣いていた。

「駄目《だめ》だなオレは。あの時とおなじことを繰り返してる」

心を開いてくれているテマリを前にして、誰にも見せない素直な自分が言葉となってこぼれだす。

目を真《ま》っ赤《か》にしたテマリが、首を左右に振る。

「あんたは十分にやっている。もう私が叩く必要なんかない。あんたは立派な男だよ」

誰に言われるよりも嬉《うれ》しいし、誰に言われるよりも信用できる。

〝めんどくせーだろうけど、頑張れよ〟

〝あんたは立派な男だよ〟

息子と妻の言葉が、シカマルの背を支える。心の芯《しん》に力がみなぎり、なにがあっても揺るがないような気がした。

これから大一番《おおいちばん》にむかうシカマルにとって、なによりの応援だった。

「行ってこいシカマル。そして行くからには絶対に勝ってこい。負けたら二度と、ここの敷居はまたがせないからな」

目を赤くしているくせに、表情はいつものテマリに戻っている。

曲がったことが大嫌いで、息子には誰よりも厳《きび》しい……。

もったいないくらいの妻で、百点満点の母だ。

「めんどくせーが、行ってくるぜ」

「行ってこい」

温《ぬく》もりを胸に、シカマルは戦場へとつづく扉を開いた。

「未来」

SHIKAMARU SHINDEN

一

とにかく圧巻の光景だった。

大陸全土から集まった大名《だいみよう》とその側近《そっきん》たちが、一堂に会している。

十列ほどが連《つら》なる半円形の長机に、国ごとに分かれて座っていた。何百人という人々の視線が、同心円の中心付近にある演壇に注《そそ》がれるようになっている。

この施設《しせつ》を、鉄《てつ》の国は突貫《とつかん》工事で造《つく》りあげたという。大名が民《たみ》にむけて演説をする広場に屋根を拵《こしら》え、参加する予定の人数が座れるだけの机と椅子《いす》を、この会議のためだけに造らせたそうだ。

とにかくこれまでに前例のない会議である。

なにもかもが規格外だった。

これからはじまるであろう武器を持たない戦いを前に、誰もが熱くなっている。開け放たれた広場に屋根を張っただけの会場は、吹きっさらしであった。涼《すず》やかな風が入ってくるというのに、シカマルはうっすらと汗をかいている。

演壇に一番近い同心円に、五大国の大名と側近たちが座っている。五影《ごかげ》とその隠れ里の面々は、彼等《かれら》のすぐ後ろの列にいた。シカマルは、長机の中央付近に設けられた木ノ葉隠《こ　は　がく》れの里の区画にいる。もちろんナルトの隣だ。

「ついにここまできたな」

会議を前に、ナルトがシカマルにささやいた。その青い瞳《ひとみ》は、誰もいない演壇に注がれている。

「泣いても笑ってもこれが最後だってばよ」

「あぁ」

シカマルは相槌《あいづち》を打ってから、言葉を継《つ》いだ。

「もしこの会議で、過半数以上の国が土《つち》の国に同意したら、あとは戦争へとまっしぐらだ。誰もやったことのねー会議だ。この場所で承認を得たとなりゃ、土の国はもう止まらねーだろう。賛同した国々まで味方に引き入れて、華《はな》の国侵攻《しんこう》をやるだろうな」

「そんなことはぜってーさせねェってばよ」

「当たり前だ」

願いを言葉にした。

実際のところ、会議の結果はやってみなければわからない。どれだけの国がダンジョウの我欲《がよく》を認めるのか、読めないところがある。

土の国の侵攻が承認された瞬間、ダンジョウを闇討《やみう》ちすることも不可能だった。これだけの国が集まるのである。警護は鉄の国だけではなく、五影がそれぞれ均等に担当していた。下手《へた》な真似《まね》をすれば、すぐに知れる。

「はじまったぞ」

演壇の脇《わき》に置かれた机に侍《さむらい》が座った。

鉄の国の大将である。

会議を円滑に進めるために、開催国であり中立国である鉄の国の大将が、議長を務《つと》めることになったのだ。

「これより全大陸会談を行う」

彼のひと言《こと》により、会議ははじまった。

議長により、今回の会議にいたるまでの経緯《けいい》、そして当事国である土の国と火《ひ》の国の主張がおおまかに語られた。大陸の命運を左右する内容である。無駄口《むだぐち》を叩《たた》いている者は一人もいない。

長時間にわたった議長の説明が終わると、一方の当事者である土の国の大名、ダンジョウが演壇に招かれた。

余裕の笑《え》みを浮かべながら演壇に立ったダンジョウは、みなにむかって一度右手をあげ、その後うやうやしく辞儀《じぎ》をした。そして、小さく息を吸ってから、演壇に両手をついて語りはじめる。

「この大陸には忍《しのび》という人種が存在する」

それがダンジョウの最初の言葉だった。

「忍……。生まれたその瞬間から、戦うことを宿命づけられた者たちだ。彼等は、戦いのなかにしか己《おのれ》の存在を認めることができない。幼いころから人を傷つける術《じゅつ》を学び、他者をあざむくことを親や師から教えこまれ、完全な戦闘のプロとなってはじめて、里の一員として認められる。隠れ里と呼ばれる場所に生まれ、忍を親に持つ者の多くは、忍の道を歩《あゆ》むことに生まれた時から疑いをもたない。いまこうしている間にも、新《あら》たな忍がいたるところで生まれている」

戦いのなかにしか己の存在を認めることができない……。

ダンジョウの言葉を、シカマルはきっぱりと否定しきることができなかった。たしかに己自身、ひりひりとした戦いのなかに身を置くことをいつも心のどこかで望んでいる。それはもはや、本能と呼んでもいいほどに、身体《からだ》の奥底に染《し》みこんでいた。おそらく忍の大半が、シカマルとおなじ心理を持つはずだ。

己を厳《きび》しい状況に追いこむことでしか、術やチャクラの錬磨《れんま》はできない。志《こころざし》は互いに違えど、忍は忍道《にんどう》という道を歩む。それは決して、平坦《へいたん》な道ではない。だから忍は自然と、自分を苛酷《かこく》な環境へ誘《いざな》おうとする癖《くせ》がついている。

だが果たして、戦いだけが忍の真実なのだろうか?

それは違う。

シカマルには愛する家族がいる。守るべき仲間がいる。

彼等を守るために、いまここにいるのだ。

戦いを止めるために、シカマルはいまここに座っている。

ダンジョウの言葉を頭から否定はできないが、手放しで肯定《こうてい》するつもりもない。そんなシカマルの思念《しねん》をよそに、土の国の巨漢の大名は語りつづける。

「彼等の存在とともに、大陸の歴史は刻《きざ》まれてきた。私は彼等を断罪するつもりも、弾圧するつもりもない。むしろ、彼等を誰よりも肯定している。だから、私はこの道を選んだっ!」

芝居《しばい》っ気《け》たっぷりに、ダンジョウが右手を高々とあげた。シカマルの隣から、堅《かた》いものを磨《す》り潰《つぶ》すような音が聞こえる。ナルトだ。ナルトが歯を食いしばりながら、ダンジョウをにらんでいた。

「弱肉強食などと言うつもりはない。華の国にも立ちむかうための武器はあるはずだ。助けてくれる者たちもいるだろう。弱き者を喰《く》らうのではない。国と国として、対等な立場の上で戦うのだ。平和などという甘い幻想が、忍の居場所を奪《うば》っている。彼等と私たちは共存関係にあるのだ。彼等を認めるということは、戦いを認めるということだ。彼等の居場所を確保しなければ、かつての大戦のように、いつしか忍ではない私たちまでもが、彼等の妄執《もうしゅう》に巻きこまれることになる。彼等の闘争本能を適度に解放させ、大乱《たいらん》を未然に防ぐためにも、世界はそろそろ、昔のように公平な競争を肯定しようではないかっ！」

「ふざけんじゃねーってばよ……」

ナルトが重い声を吐きだす。

「自分の欲望を満たしてーだけだろ。それを、忍の存在意義なんかにすり替えやがって」

「落ち着け」

拳《こぶし》を握《にぎ》るナルトの手に触れながら、シカマルはささやく。

ダンジョウが語り終えた。会場から拍手が聞こえるが、それほど多くはない。

「次はイッキュウ殿《どの》だ」

シカマルが言うと、ナルトは目をつぶって深呼吸をしながらうなずいた。

イッキュウが登壇する。ダンジョウのような大袈裟《おおげさ》な挨拶《あいさつ》はなかった。ただ淡々《たんたん》とみなに頭をさげ、集まってくれたことに謝辞を述べる。それから、左右に目を一度やり、穏《おだ》やかな表情で語りはじめた。

「私は問いたい」

イッキュウは少しだけ笑った。

「忍は本当に戦いのなかでしか生きられないのか、を」

言ったイッキュウが、一瞬ナルトを見た。そしてナルトとシカマルにだけわかるように、かすかに顎《あご》を上下させると、ふたたび出席者たちにむかって話しはじめる。

「ダンジョウ殿の話を聞いている間、私はどうしても違和感をぬぐえなかった。まるで忍がみずから戦いを欲《ほっ》しているかのように聞こえたからだ。果たしてそうなのだろうか？」

ひと呼吸置いて、イッキュウはつづける。

「私は違うと断言できる」

イッキュウの声は、腹から出るダンジョウのものよりもちいさく弱かった。それでも会場全体に染みわたる柔《やわ》らかなものだった。

「いまここに、大陸じゅうの大名たちが集まっている。国の大小など関係ない。貧富も強弱もない。国を支《ささ》える者として集《つど》ってくれた仲間だ。ありがたいことに、求めに応じなかった大名は、ひとりもいなかった。こんなことは前代未聞《みもん》だ。ひとつの問題について、大陸の大名がすべてそろって話しあう。誰もが一度は思いつくだろうが、決して実現できないと思い、はじめから諦《あきら》めてしまう。そんな会議が、いま現実にここにある」

一言半句《いちごんはんく》も聞《き》き逃《のが》すまいと、みなが息を潜《ひそ》めている。イッキュウの穏やかな語り口に、すべての人が引きこまれていた。

「誰かが動かなければ、こんなことはできなかった。いや、とっくに戦争ははじまっていただろう。一か月、いや十日、それでもだめなら一日でも……。そうやってギリギリのところで時間を稼《かせ》ぎ、なんとか争いを回避しようと必死に戦ってきた者たちがいることを私は知っている」

シカマルの胸を、熱いものが締《し》めつける。

「この会議の提唱者はいちおう私ということになっている。だが、私がしたことなど微々《びび》たるものに過ぎない。火の国の領土の割譲《かつじょう》を決意したのも、地を這《は》いながら最後まであきらめずに戦う彼等を見たからだ。彼等にくらべれば、私など大したことはしていない。彼等のように血と汗を流して、なにかに打ちこんだこともない。ただ父が火の国の大名であり、敷かれたレールの上を走っていただけだ。強い力に抗《あらが》おうとも、レールを逆走しようとも思わなかった。しかし私は、彼等を見て変われたような気がする。世界が穏やかでありつづけるためならば、どんな激流にも抗おうと思うようになれた」

ここではじめて、イッキュウが右手をあげた。その指先が、ナルトを指《さ》している。

「私を変えた者は、忍だ。誰よりも争いを拒《こば》み、最後の最後まで戦争を回避しようと奮闘《ふんとう》したのは、ダンジョウ殿が戦いのなかでしか生きられないと言った、忍なのだ」

会場がざわつく。イッキュウはしばらく黙って場が落ち着くのを待ってから、ゆっくりと口を開いた。

「戦いが、必ずしも戦争のような血肉を削《けず》るものだとは言えないのではないか。私を変えた忍たちは、厳しい場所へ厳しい場所へと自分を導《みちび》こうとする者たちだ。普通なら諦めているであろう苦境にあってもなお、勝利を信じ突き進む。その姿はたしかに戦う者の、それであった。しかし彼等の戦いの末に導きだされた結果には、血も涙も骸《むくろ》もない。あるのは現在の会議だ。忍である彼等の胸の裡《うち》に宿る熱き魂《たましい》は、人を傷つけるためだけにあるのではない。間近で変わることができた私だからこそ、断言できる」

火の国の大名の瞳《ひとみ》に光が宿る。

「忍は戦いの最前線にいるからこそ、誰よりも平和を強く望んでいる！」

ここでイッキュウは笑った。

「私が長々と話すよりも、私の言いたいことを伝えることができる者がいる。その者にバトンを譲《ゆず》りたいのだが、いかがだろうか？」

会場から拍手が湧《わ》き起《お》こった。

「ナルトッ！」

イッキュウが呼ぶ。

シカマルの隣で友が立つ。

万雷《ばんらい》の拍手が沸き起こる。

「彼の話を聞いてほしい！」

今日《きょう》一番の大声でイッキュウが言った。

ナルトがシカマルを見る。シカマルは相棒に微笑《ほほえ》んだ。

「行ってこい」

「わかったってばよ」

イッキュウが去った演壇に、ナルトが立った。それを見届けてから、シカマルは立ちあがる。

「どうしたんですか、シカマルさん？」

末席にいたミライの前を通りすぎようとすると、おどろきをあらわにした顔で問われた。

「これから火影様《ほかげさま》が話すんですよ」

「煙草《たばこ》だ、煙草。ここ禁煙だろ？」

「こんな時に？」

ミライの軽蔑《けいべつ》の眼差《まなざ》しを浴びつつ、シカマルは演壇のナルトに背をむける。

ともに戦うと言ってくれたイッキュウは、やはりナルトを壇上に立たせた。

会議が紛糾《ふんきゅう》するようならば、是《ぜ》が非《ひ》でもナルトにしゃべらせようと、シカマルも思っていたのである。イッキュウがそう仕向けてくれるだろうという目算《もくさん》もあった。

シカマルの頭には投了までの指し手が、はっきりと見えていた。ナルトはそれをしくじるような男ではない。

ナルトが語れば大丈夫。絶対的な自信がシカマルにはある。

対局は終わった。

この場にいる必要はもうない。

「うちの火影は馬鹿《ばか》だが、心の熱さだけは誰にも負けねーからな。覚悟して聞けよ」

演壇を注視する各国の代表たちにむかってささやき、会場をあとにする。

シカマルの仕事はここまでだった。

二

「べつに特別なことをしたつもりはねェってばよ」

会場の外にいても、ナルトの声はよく聞こえた。円柱形の灰皿の横に立ち、シカマルは紫煙《しえん》をくゆらせながら、友の第一声に耳をすませる。

もともと、こういう場所が得意ではなかった。本音《ほんね》を言わせてもらえば、満座のなかでなにかをするなど、面倒《めんどう》くさくて仕方がない。

性根《しょうね》というものは、どれだけ歳《とし》を取ろうと変わらないものだ。火影の相談役として、どれだけ場数を踏もうとも、心の奥には少年の日の面倒くさがりな自分がいつもいる。心のなかの冷《さ》めた目をした少年は、大人《おとな》になったシカマルを見つめながら〝なに、めんどくせーことしてんだよ〟と悪態を吐《つ》いている。

光を浴びるのは、火影の仕事だ。サスケとともにナルトの影として働くシカマルは、そもそもあの席に座っている必要はないのだ。

「誰でも、穏やかな明日《あした》を望んでいるはずだ。その明日の積《つ》み重《かさ》ねが、平和なんじゃねェのか」

大名たちを前にしても、ナルトは飾《かざ》らない言葉で語りつづける。

それでいい……。

シカマルは心のなかで、ナルトに言った。

自分を装《よそお》い、取《と》り繕《つくろ》った言葉は熱を失う。ナルトはナルトらしく、どこまでも人を信じていればいい。

「家族が食卓を囲み、子供が笑って学校に行く。そんな朝を幸せに思うのは、忍だっておなじだ。なにげない毎日がかけがえのねーもんだってことは、第四次忍界《にんかい》大戦を戦ったオレたち忍が一番よく知ってるってばよ」

あの時は五影の指揮のもと、五つの隠れ里だけではなく、中小国の忍もが連合した。みなが誰かの父であり母であり、親であり子供だった。シカマルが名も知らぬ多くの家族が、あの戦争で犠牲《ぎせい》になったのである。帰りを待っていた者たちの悲嘆《ひたん》はいかばかりか。人の親になったいま、あの大戦でどれだけの悲劇が生まれたのかを、リアルなものとして痛感できる。自分が死んだという報《しら》せを受けた時、テマリやシカダイはどんな顔をするだろう。シカダイが戦死したと知った時、自分はどんなことを思うだろう。

考えるだけで身の毛がよだち、吐き気を覚える。そんな想像をするだけで、耐えられなかった。

気持ちを落ち着けようと、二本目の煙草に火を点《つ》ける。

議場ではまだ、ナルトの演説がつづいていた。

「忍は戦いのなかにしか己の存在を認めることができないと、ダンジョウ殿が言ったけど、それは違うってばよ。戦うからこそ、平和を求める。忍は耐え忍ぶものだ。どんな苦境に立たされても、光を信じて進みつづけるのが忍だ。忍が戦うのは、自分の存在を確かめるためじゃねー。光を求めて戦うんだ。光……。平和のために……」

みなが黙って聞いている。

忍者学校《アカデミー》のおちこぼれで、なにもできなかった男が、本当に大きくなった。

シカマルは心の底からナルトを誇《ほこ》りに思う。自分と同じ時代を生きる火影がナルトでよかった。

空を見あげる。

真っ白な雲が浮かんでいた。

いまごろ家族はどうしているだろうか……。

無性《むしょう》にふたりに会いたくなった。

三

木ノ葉隠れの里の目抜き通りにある四《よ》つ辻《つじ》に、三年ほど前に大きなビルが建った。ビルの中程《なかほど》には完成当初から大画面が設《しつら》えられている。日頃は新しい忍具《にんぐ》の宣伝や、火の国の歌い手たちの映像などが流れているが、この日は違っていた。

映《うつ》しだされているのは、この里の英雄である。

大勢の人が四つ辻に集まって、大画面を見あげていた。そのなかにシカダイの姿がある。右にチョウチョウ、左にいのじんが立ち、三人で火影の演説を見守っていた。

「ダンジョウ殿が言うことにも一理あるってばよ」

画面のなかのナルトが言う。

大陸じゅうの大名たちが集まる全大陸会談。そんなとてつもなく大きな場所で堂々と語るナルトが、自分とは違う世界の人のようにシカダイには思えた。

「忍は戦いの道具。それは現実かもしれねー。そうだとしたら、忍は、この世にあっちゃならねーってばよ」

全大陸会談の会場のざわめきが、画面を通して伝わってくる。

「火影様はなにを言ってるんだ」

隣でいのじんがつぶやく。シカダイが目をむけると、ナルトを見つめたまま、いのじんはつづけた。

「ボクたちは忍じゃないか。火影様だって……。なのに忍はこの世にあってはならないなんて、いったいどういうつもりなんだ」

糾弾《きゅうだん》する口調で語るいのじんだったが、シカダイには火影の言わんとしていることが、なんとなくわかった。

「平和ってのは、そーいうもんなんじゃねーのか？　たぶん」

いのじんはピンとこないのか、首をかしげた。シカダイ自身も漠然《ばくぜん》と感じたことを言葉にしただけだから、これ以上話しても答えが見つかるはずもない。

「黙って観《み》よーぜ」

いのじんに告《つ》げて、画面を注視する。

「これから火の国の領土を土の国に割譲するための決議を行うんだが、木ノ葉隠れの里からも、ひとつ提言したいことがあるってばよ」

そこでナルトがちいさく息を吸った。

「あのさー」

いきなりチョウチョウが言った。大事な時になんだと、シカダイは眉《まゆ》をあげて隣に目をむける。

「あちしのパパが言ってたんだけどー。この会議をやろうって言いだしたのって、シカダイのパパなんだって」

シカダイの身体がちいさく上下した。おどろいたことを仲間に悟《さと》られまいと、気を引き締めながらチョウチョウの声に耳をかたむける。

「シカダイのパパがいなければ、もうとっくに戦争になってたって、あちしのパパが嬉《うれ》しそうな顔をして言ってたのよね～」

鼓動《こどう》が高鳴っていた。全身が粟立《あわだ》っている。

いつも家にいる時は、母に叱《しか》られてばかりいる父だ。シャツは脱ぎっぱなし、夜遅く帰ってくると風呂にも入らない。たまの休みといえば、縁側《えんがわ》に座ってボケっと庭を眺《なが》めている。息子《むすこ》の自分から見ても、だらしないと思う。

そんな父が、こんな大きな仕事をしていたのか……。

シカダイは言葉が見つからない。

一瞬、会場が映された。ミライたち木ノ葉隠れの里の面々を、シカダイははっきりと確認する。が、そのなかに父の姿はなかった。

何故、あそこに父はいないのか?

チョウチョウの話が事実ならば、火影が演説している最中に、父がいないわけがない。

それでも……。

父はかならずあの場所にいる。画面に映らないどこかで、ナルトを見守っているはずだ。

チョウチョウの父親が言ったことも、おそらく本当のことなのだろう。

〝めんどくせー、という言葉は命懸《いのちが》けでやる覚悟があってはじめて言えるんだ。逃げる時の言《い》い訳《わけ》に使っていい言葉じゃねーんだ。めんどくせーと言ったからには、どんなことがあってもやるんだ。でないと、オレとお前の口癖《くちぐせ》は、都合《つごう》がいい逃げ道になる〟

そう言ってくれた父だ。

だから信じられる。

「なんか、すごいよねシカマルさん……」

いのじんがつぶやく。

シカダイは答えられない。

答えたら泣いてしまいそうだった。

四

画面のむこうで慣《な》れない原稿を必死に読んでいるナルトの姿を、テマリは夫と息子がいない居間でひとり見つめていた。

「各隠れ里の情報を共有し、戦力の不均衡《ふきんこう》を是正《ぜせい》する。その手始めとして、木ノ葉の情報を、各里に公開する。情報の共有を進めながら、忍術の平和利用のための産業を創出する。忍の技術が産業として利用できるようになれば、任務がなくなっても忍は生きてゆける」

原稿から顔をあげて、ナルトがひと息ついた。

「オレは火影として、こいつを各国に提案したいってばよ」

テマリは正座のまま粛々《しゅくしゅく》と聞く。

少し前に会場が映しだされた。弟と兄が、砂隠《すながく》れの代表として座っているのを見つけた。ふたりとも、好意的なまなざしを壇上にあがるナルトにむけていて、ほっと胸をなでおろした。

だが……。

肝心《かんじん》の男がいなかった。

シカマルが木ノ葉の席に座っていない。

〝オレの仕事は終わったんだ。あんなところに座ってんのは、めんどくせー〟

夫の声が聞こえてくるようだった。

「戦争は絶対にしちゃならねェ。みんな頼む。国を代表する者として、冷静な判断をしてくれってばよ」

演壇に頭をつけるようにして、ナルトが頭をさげた。その姿に、テマリは気高《けだか》さを感じる。木ノ葉の火影として、ひとりの忍として、堂々とした演説であった。

その影には、夫がいる。ナルトを全力で支え、木ノ葉隠れの里、いや世界のために、あらんかぎりの力を振《ふ》り絞《しぼ》り働く夫の姿が……。

シカマルは誰よりも平和を願っている。

忍がなくなればいいと、誰よりも思っているのはシカマルなのだ。

のんびりとした暮らし、のんびりとした生き方、のんびりとした死《し》に様《ざま》。

それがシカマルの望むものだ。

時折、思うことがある。

そんなシカマルの願いを奪ったのは、自分なのじゃないかと……。

穏やかな暮らしを望むシカマルを、テマリやシカダイが戦《いくさ》の前線に赴《おもむ》かせているのではないか。本当はもっとのんびりとしたところで、心に波風を立てずに働きたいのではないのか。

テマリは忍だった。かつてはシカマルやナルトたちと敵対していたこともある。

砂隠れの忍として生き、木ノ葉隠れの里に嫁にきた。テマリにはテマリの忍道がある。忍とはこういうものだという姿が、テマリの頭のなかにははっきりと形としてあった。もしかしたらそれを、無意識のうちにシカマルやシカダイに求めていたのかもしれない。

夫は誰よりも優しい。

テマリやシカダイのため、ナルトのため、木ノ葉隠れの里のため、自分のことは二の次に考える。

もったいないくらいの夫だ。

しかし、本当はすべてを放り投げて、雲のように気ままに流れるような暮らしを望んでいるのではないのか。

テマリは恐ろしくて聞いたことがない。

自分たちのために必死に頑張《がんば》ってくれる夫に感謝しているし、信じてもいる。シカダイの成長を、誰よりも喜んでいるのはシカマルだ。中忍《ちゅうにん》試験で活躍したシカダイの姿を、家にいたテマリに嬉々《きき》として語るシカマルはいい父親である。

だからこそ、この家にいる時は、素直《すなお》な自分でいてもらいたかった。

正座する膝《ひざ》に置いた掌《て》に力がこもった。膝をつかんだ指が、かすかに喰いこんでいる。

ナルトが降壇した。

会場を万雷の拍手が包む。

「本当に頑張ったな、シカマル」

着席するナルトの隣にある空席へ、テマリは語りかけた。

五

眠くなってきた……。

会場の外に設けられた喫煙所は、シカマルの貸しきりである。みな会議に夢中だ。煙草を吸いに来る者などいるはずもなかった。

急遽《きゅうきょ》しつらえられたであろう長椅子に横になりながら、ぼんやりと空を眺めている。

議場では、各国の代表たちの演説が行われていた。開催前にあらかじめ発言したい者を募《つの》り、発言時間が調整されたうえで順番に演壇にあがっている。そのあたりのことは、鉄の国の侍たちが遺漏《いろう》なくやってくれた。五影会談を長年仕切ってきた経験が、こういう時にものを言う。

事前に申請《しんせい》した国は、必ず発言の機会があるらしい。おそらく決議は深夜になるだろう。

「暇だな……」

それまでどうやって時間を過ごそうか。

会場から漏《も》れ聞《き》こえる声の多くは、火の国やナルトに同意するものだった。なかにははげしく土の国を非難する国もあった。

シカマルが一番不思議だったのは、会議がはじまる前に見た登壇リストに、当事国のひとつである華の国がなかったことだ。大国の独断で攻めこまれようとしているのに、この重要な会議で発言しない。

会場を出てすでにかなりの時が経《た》っている。その間に、この場所に来たのは休憩らしき警備の侍が二、三人。

隅《すみ》に置かれた長椅子に寝転がったシカマルに声をかける者はひとりもいなかった。

「火影の寛大《かんだい》なる譲歩《じょうほ》を私は無視することはできない」

耳慣れた声が議場から聞こえてきた。

黒ツチだ。

これだけの大舞台だというのに、五影会談の時とまったく変わらない淡々とした声で、土影《つちかげ》は語る。

「木ノ葉隠れの突出による戦力の不均衡は、かならず争いの種になる。私は自国を守るため、土の国の申し出を受け入れ、華の国への侵攻に協力することに決めた。しかし、さっきの火影の演説と、火の国の大名イッキュウ殿の勇気ある決断によって、私が憂慮《ゆうりよ》した事態は、自分の弱い心が生んだ悪《あ》しき幻想であったと気づかされた。私の判断に幻術《げんじゆつ》が介在《かいざい》したようなことは、断じてない。すべては私の弱さに起因している」

冷徹《れいてつ》な土影は、その冴《さ》えた瞳で己さえも見透《みす》かす。愚昧《ぐまい》な忍ではないのだ。状況が変われば、自我を押し通すような愚《おろ》かな真似はせず、気持ちいいくらいにさわやかに主張を撤《てつ》回《かい》することができる。

「私は火影とイッキュウ殿の申し出を受けいれたいと思う。そうなれば、岩隠《いわがく》れの里が戦う理由はなくなる」

「よし」

シカマルは寝転がったまま、拳を握った。

岩隠れが手を引けば、土の国は戦力の大半を失う。兵士を忍に頼ることで自国の戦力を放棄《ほうき》したに等《ひと》しい五大国は、みずからの判断だけで戦争を起こす力がない。

黒ツチの発言は、戦争が回避されたことを全世界に伝えるものだった。

もはや決議など必要ない。

黒ツチが折れてくれたことで、勝負は決したのである。

「ふぁあー」

急激な眠気が襲ってきた。

両目から涙が溢《あふ》れて耳の脇《わき》を流れる。完全に欠伸《あくび》のせいだ。感極《きわ》まって泣いたわけではない。強がりでもなんでもなく、これは欠伸がもたらした涙なのである。

シカマルにとって今回の騒動は、まぎれもなく戦いだった。自分の力だけではどうすることもできない、じつに厳しい戦いであった。この戦いに比《くら》べれば、いままでの任務がままごとのように思える。

シカマル当人としての話だ。

これまでの戦いは、身ひとつでのものだった。班の仲間とともに行動しているといっても、けっきょくは己の力量を試される直接的な戦いだ。傷つき倒れるのも自分の未熟さゆえ。シカマルが死んだとしても、国や体制にはなんの影響もない。大陸が火の海に包まれることもないのだ。

しかし今回は違う。

敗《やぶ》れたからといって、すぐにシカマルが死ぬわけではない。忍としての力量も、問われない。

しかし敗れれば、自分が死ぬよりも深刻な事態が訪れるのだ。

敗北が戦乱の世に直結するという重圧は、これまで感じたどれよりも深刻だった。

勝った……。

なのに不思議と達成感はない。これはシカマルの勝利ではないのだ。世界の勝利なのである。大陸に住むすべての人が平和を求めた末に導きだされた結末なのだ。

「悪くねェ」

それなりの人生は、ナルトを支えると決めた時に捨てた。

シカマルの戦場はここにある。

刃《やいば》を持たぬ、術すら使わぬ戦場だ。こういう場所でヒリヒリしながら生きることを選んだのは、シカマル自身だ。後悔《こうかい》はない。

「が、やっぱり、めんどくせーな」

つぶやいて笑う。

達成感はないが、悪い心地ではない。

平穏《へいおん》な日々が戻ってくる。そう考えると心は晴れやかだった。

目を閉じる。

瞼《まぶた》の裏の闇がシカマルを吸いこもうと必死に手を伸ばしてきた。

そういえば、このところ満足に眠っていない。

気が張って眠れなかったんだ。

今日くらいは、眠らせてくれ……。


「……マル」

声がする。

「シカマ……」

誰だ。

「シカマルッ！」

はげしい振動とともに、長椅子から転がり落ちる。真っ赤になったシカマルの目が、夜空を背にした友を見あげた。

「ナルト……」

心地いい夢を見ていたが、目覚めた瞬間に忘れてしまった。しかし意識はまだ、半《なか》ば眠りのなかをさまよっている。長椅子の脇にしゃがんだまま、シカマルはぼんやりとつぶやいた。そんな友の姿を、火影が両手を腰にあてながら呆《あき》れ顔《がお》で見おろしている。

「終わったってばよ」

「そうか」

「結果は聞いてたのか？」

「いいや」

腰に手をあてたまま、ナルトが溜息《ためいき》を吐《つ》いた。

ずいぶん高いところに月が昇《のぼ》っている。下弦《かげん》の月が、高いところから二人を見ていた。

「気になんねーのかよ」

ふてくされるようにナルトが言う。シカマルは鼻で笑ってから、首を左右に振った。

「どうして？」

「黒ツチの演説までは覚えてる」

答えて欠伸をする。目尻《めじり》に湧いた涙を黒い手袋でぬぐってから、納得《なつとく》していない友に補足の言葉を投げた。

「あいつがお前とイッキュウ殿の提案を飲んだ時点で、勝負は見えてただろ」

「だからここで寝てたってのか？」

「ああ」

「お前らしいってばよ」

月を背にして、ナルトが笑った。

「シカマル」

神妙な面持《おもも》ちで、友が言った。

「あ？」

「お前がいてくれたから、オレはここまでこられた。ありがとよ。お前がいなければ、オレはとっくに諦めてたってばよ」

「嘘《うそ》つけ。オレがいなくても、お前は絶対に諦めなかったはずだ」

ナルトに諦めるという言葉は似合わない。

「お前がいなけりゃ、オレはどうすればいいかわかんなかったってばよ。お前はいつもオレの進む道を照らしてくれる」

言って友が手を差しのべてきた。

「これからも頼むってばよ」

掌を握る。

強い力で身体が浮いた。

シカマルは立ちあがった。

「ナルト。シカマル」

側近を連れた黒ツチが、ふたりの名を呼んで近づいてくる。ナルトの前に立つと、土影は穏やかな笑顔を浮かべた。

「お前たちの覚悟。たしかに受け取った。本当にすまないことをした。さっき長十郎にも謝《あやま》ってきたところだ」

ナルトが満面の笑みで首を振った。

「お前もあの大名のせいで苦しんでたんだろ？　気にすんなってばよ」

「そう言ってくれると有《あ》り難《がた》い」

「これからも頼むぜ黒ツチ」

ナルトが手を差しのべる。土影の細い手がやさしくつかんだ。しばしそのまま笑いあったあと、黒ツチが手を放し、ふたりに背をむけた。

「そうだシカマル」

肩ごしにシカマルを見ながら黒ツチが口を開く。

「テマリと仲良くな」

「わかってるよ」

一度ちいさく笑うと黒ツチは去っていった。

「終わったな」

ポケットから煙草を取りだし、言いながら口にくわえた。するとナルトは、眉間《みけん》に皺《しわ》を寄せながら口を開く。

「いいかげん煙草は止めろ」

「考えておく」

言って火を点けた。

紫煙《しえん》が月夜に浮かぶ。

久しぶりに旨《うま》かった。

煙が身体に染みわたり、勝ったという実感が強烈に湧きあがってくる。

「里に帰るか」

シカマルの言葉に、友が肩を落とす。

「山のような仕事が待ってるってばよ」

「ありがてーことじゃねーか」

答えたシカマルの頭に、山積みになった書類の幻影が浮かぶ。その途端《とたん》、急激に気持ちが重くなった。

勝利に酔《よ》うような暇は、シカマルにはない。

六

「本当に……。本当にありがとうございました」

そうやって深々と頭をさげたのは、一国の大名だった。

正面に座って相対《あいたい》するナルトの後列に並べられた椅子に座り、シカマルは微笑を口許《くちもと》にたたえている。

遠路はるばる木ノ葉を訪れた華の国の大名は、昨日《きのう》到着したばかりだというのに、疲れを微塵《みじん》も感じさせなかった。

若い。

シカダイと同年代である。聞けば父の突然の死を受け、半年前に大名になったばかりであるらしい。慣れぬ仕事に誠心誠意《せいしんせいい》取り組んでいたところに、今回の土の国の侵攻はまさに寝耳《ねみみ》に水の出来事だったという。

「私の国は本当にちいさい。あのまま戦争になっていれば、国民たちはどうなっていたことか。土の国に割譲されることになった領地の人々も、イッキュウ殿の志に感銘《かんめい》を受け、割譲に賛同してくれました。もともと土の国の文化が根ざしていた所なので、みな喜んでいるみたいです。それもこれも、火影殿たちが必死になって働いてくださったからだと、イッキュウ殿もおっしゃっておられました。火影殿にはどれだけ感謝しても、し足《た》りません」

この部屋に入ってからずっと、この少年は頭をさげてばかりいる。そんな若き大名に恐縮しながら、ナルトは照れくさそうに頭をかいていた。

割譲される地の民が納得してくれて本当によかった。全大陸会談の席上で各国からの非難を一身に浴びたダンジョウも、新たな領地となる民に税などで配慮をしたようである。

割譲は円満に行われた。

シカダイたち木ノ葉の若き忍よりも、柔和《にゅうわ》さが目立つ少年は、目を輝かせながら、ナルトと話していた。

「あの……」

無礼なのはわかっているのだが、シカマルは会話に割って入るようにして手をあげた。

「なんだシカマル？」

ナルトが振り返りながら問う。それから、なにかを思いだしたように、もう一度華の国の大名に顔をむけて身を乗りだした。

「五大国会談、それから全大陸会談。この流れは、あいつがいなけりゃ実現しなかったんだってばよ」

「そうなんですか！」

華の国の大名が立ちあがった。それからナルトに一度礼をし、ふたりの間にある机を廻りこんでシカマルの席まで歩いてくる。物腰の柔《やわ》らかそうな少年にあまり似つかわしくない荒々しい足取りに、シカマルは思わず椅子の背板にもたれかかりながら仰《の》け反《ぞ》った。

「お名前はッ？」

語尾の〝は〟が異様なまでに上擦《うわず》っている。シカマルは仰け反ったまま、ゆっくりと答えた。

「シカマルです」

「シカマルさんッ！　あなたのおかげで私の国は、助かりました。本当にありがとうございます」

座ったままのシカマルの鼻《はな》っ面《つら》に頭突きをかます勢いで、少年が頭をさげた。さっきよりもはげしく仰け反って、直撃を免《まぬが》れる。

目を輝かせながら、華の国の大名はシカマルの手を両手で包みこんだ。

「あなたのことは、火の国でイッキュウ殿にうかがいました。ナルト殿と一緒に戦ってくださった、切れ者の火影の相談役がいらっしゃると」

少年は、木ノ葉隠れの里に来る前に火の国に立ち寄っている。全大陸会談が終わって戦争が回避されるとすぐに、この実直そうな少年は火の国と木ノ葉に行くと家臣たちに告げたらしい。調整もままならぬまま、訪問を強行。木ノ葉を訪れたのは、全大陸会談が終わって七日後のことだった。

「本当に会ってお礼が言いたかったのです」

握ったままの手をぶんぶんと振りながら、若き大名が何度も頭をさげる。

「あ、あの……」

シカマルは淡々とした口調で切りだす。

「なんでしょう?」

目を輝かせて少年が顔を突きだしてくる。なんでも聞いてくれと、満面の笑顔の大名の目が言っていた。

「あなたにお会いする機会があれば、ぜひうかがいたかったことがあるのですが」

「はい」

「なぜ全大陸会談の場で、あなたは発言しなかったのですか? なぜ全世界の大名たちに、土の国の理不尽《りふじん》さを訴《うった》えようとしなかったのですか?」

「あぁ、そのことですか」

言った華の国の大名が、シカマルの手を放して自分の顔を指さした。

「こんな情けない顔をした子供が、涙ながらに訴えたら他国はどう思うでしょう？　泣かずに毅然《きぜん》とした態度で土の国を訴えても同じです。私は大名になって半年。いずれにしても必死に足掻《あが》く見苦しさだけが目立ったでしょう。我《わ》が国は小さい。自国を守るだけの力もありません。私が弱いところを見せれば、それが自国の弱さになる。ならばどうすればいいのか？　私が選んだのは沈黙でした。当事国のひとつとして、なにも言わずに黙って座っている。そうすることで下手な弱みは見せずにすむ。沈黙し、判断は全世界の代表の方々にまかせようと思ったのです」

「それは、あなたが……」

「もちろん近しい家臣たちには相談しましたが、最後は自分で決めました」

弱いからこそ、その弱さを受け入れ、自分の現実を認めて最善の手を尽《つ》くす。一見頼りなさそうな少年だが、その身中《しんちゅう》には折れぬ芯《しん》がしっかりと通っている。

この少年が頂点にある華の国は大丈夫だ。

「ぶしつけな質問に答えていただき、ありがとうございました」

シカマルが頭をさげると、華の国の大名はぶんぶんと首を振った。

「いえいえ、こちらこそ、本当に本当にありがとうございました」

けっきょくこの少年は、会談の間じゅう終始頭をさげていた。

公務を放《ほう》ってきているため、華の国の大名はその日のうちに戻るという。ナルトとシカマルは、あうんの正門の前まで見送りに行った。

「ん？」

大名の御者《ぎょしゃ》の周《まわ》りを固める華の国の家臣たち。彼らを警護する木ノ葉の忍のなかに、シカマルは我が子を見つけた。

ナルトと大名が立ち話に興《きょう》じている隙《すき》を見て、忍び足で息子に近づいてゆく。

「チョウチョウといのじんは、先頭について前方に注意を払ってくれ。オレは後ろで背後に備《そな》える」

三人が顔を突きあわせて真剣に話している。それを一歩引いたところから、担当上忍《じょうにん》の風祭《かざまつり》もえぎが見守っていた。どうやら任務の大枠《おおわく》は、シカダイにまかせているらしい。

忍び寄るシカマルに、もえぎが気づいた。

「こんな感じでいこうと……。おぉっ！」

もえぎに確認を取ろうとして振り返ったシカダイが、シカマルに気づいて大声をあげた。

出立《しゅつたつ》の準備を進めていた華の国の面々が、その声に反応してこちらに目をむける。

「どうしたんだよ？」

「そりゃ、こっちのセリフだ」

目を真ん丸にして問うてきた息子に、にこやかに返す。すると担当上忍のもえぎが、シカダイに代わって答えた。

「これから華の国まで私たちが警護します」

大名の警護は重要な任務だ。里のなかでも有能だと認められる班でなければ、まずまかせない。

それだけシカダイたちが頑張っているということだ。

親として思わず笑みがこぼれる。

「おい、シカダイ」

言って隣に並ぶ。

「戦争は回避されたとはいえ、華の国は世界の注目を受けた。妙なヤツが現れることも考えられる。大名が襲《おそ》われる危険はゼロじゃねー。道中、気を抜くなよ」

「わかってる」

反抗するかと思っていたが、息子は素直にうなずいた。その従順な姿に、一瞬面喰《めんく》らいながらも、シカマルは気取《けど》られぬように呼吸を整《ととの》えてから、もえぎに目をむける。

「暗部《あんぶ》も同行してるんだろ?」

「もちろんだシ」

もえぎの隣に黒い影が舞い降りた。

猫の面。

「なんだお前か、ヒノコ」

「だぁッ! み、みんなの前で名前を呼ぶなシッ!」

「止《や》めろ」

猿面《さるめん》が猫の隣に立って言った。

「お前もいたのか」

「華の大名は全大陸会談の主役のおひとり。今回は二班、八名が随行《ずいこう》することになり申した」

「また道中、クオリティの低いダジャレを聞かなきゃならないかと思ったら、うんざりするシ」

ヒノコがぼやく。

「まー、そう言うな。朧《ロウ》はダジャレさえなければ、有能な忍だぞ」

「シッ、シカマル殿! ダジャレさえなければとは何事にござるか! ダジャレこそが拙《せっ》者《しゃ》の本質にござる！　ノーダジャレ、ノーライフ！」

「だったら忍、辞《や》めちまえ」

「そのとおりだシ」

「ぬごっ！　ダジャレを否定するのは誰じゃ……」

「レベルが低いにもほどがあるシ……」

「まさかとは思うが、ダジャレと誰じゃをかけたのか？」

「聞くのは御法度《ごはっと》にござるぞシカマル殿！」

猿が仰け反る。

「あ、あの……」

もえぎが申《もう》し訳《わけ》なさそうに割って入る。シカマルは親指を突き立て、ふたりを指《さ》した。

「こいつら、こんな風《ふう》だが、腕は確かだ」

「こんな風とはなんだシ」

ヒノコのツッコミを無視しつつ、シカマルはもえぎに告げる。

「息子のことをよろしく頼む」

「わかっています」

もえぎがちいさくうなずいた。

「じゃあ、任務に戻るシ」

言ってヒノコたちが跳躍《ちょうやく》のためにちいさく膝を曲げる。ふたりが姿を消す前に言っておかなければならないことを、シカマルは思いだした。

「今回も、お前らのおかげで助かった。ありがとよ」

「任務とあらば、これからもなんなりとお申しつけくだされ」

「当たり前のことをしたまでだシ」

猿と猫が虚空《こくう》に消えた。

「シカダイ」

仲間と語りあっていた息子を呼んだ。

「なにが起こるかわからねー。自分の力量を判断して、無理だと思ったら退《ひ》け。それも忍の重要なスキルだ」

子供可愛《かわい》さの言葉ではない。力量以上の働きをしようと焦《あせ》って前に出ると、仲間に被害を及《およ》ぼす。

「わかってる」

少し口をとがらせてシカダイが答えた。

「そうか。じゃあ、頑張ってこい」

「めんどくせーけど、行ってくる」

息子が笑った。

先日のシカマルの言葉を理解したうえで言った〝めんどくせー〟だと、さわやかな笑顔が告げている。

「帰りは明々後日《しあさって》くれーになる。その間、母ちゃんとケンカすんなよ」

「うるせー」

笑いながらシカマルは息子に手を振り、ナルトたちのもとへ戻った。


道を行く人が、みなシカマルを見ていた。

照《て》れくさい……。

顔を真っ赤にしながら、帰り道を急ぐ。

こんなものをこんなに持って歩いたことなど一度もない。

まわりの視線が気になって気になって仕方がなかった。

しかし、自分が選んだのだから文句は言えない。文句は言えないのだが、ものには限度があるだろう。

あの時、いのの店で買っていればこんなことにはならなかった。そういえば、あの時のはどうなったのか。

多分だれかに売ってくれているとは思うが、いのには悪いことをした。今度ちゃんと謝らなければ。

「ナルトのやろー」

両腕に抱《かか》えこんだもので顔を隠しながら、悪態を吐く。

〝だったら、黄色いのは全部持って帰れってばよ！〟

親切心だ。

わかってる。

ナルトに悪気はない。

わかっているのだ。

でも、死ぬほど恥ずかしい。

家が見えてきた。

自然と足取りがせわしくなる。

あと少し……。

玄関の扉を開き、転がりこむようにして家に入った。

「おかえり」

廊下を歩いてきたテマリが、シカマルの姿に思わず目を見開いた。

「どうしたんだ、それ？」

「い、いや……」

テマリから目をそらしながら、玄関に立ったまま語る。

「こ、この前、ちょっとばかり華の国を助けることがあって、その礼だと言って、華の国の大名が花をくれたんだ。いっぱいあったんで、少しもらってきた」

「黄色い花だけか？」

シカマルの腕に、抱えきれないほどの黄色い花が溢れていた。種々様々《さまざま》な花のなかには、砂隠れに咲く、あの花もある。

「結婚記念日の埋めあわせをするって言ってただろ」

テマリが真剣なまなざしで、シカマルを見つめる。

機嫌《きげん》を損《そこ》ねたかと、花を抱えたまま息をのんだ。貰《もら》い物《もの》の花ですませようとしたのが、気にさわったたか。

「シカマル」

「な、なんだ」

不穏《ふおん》な気配を感じながら、シカマルはテマリの言葉を待った。

「お前、いま幸せか？」

「ん？」

問われている意味がよくわからなかった。絶対に糾弾されると思っていたから、思わぬ言葉にシカマルは戸惑《とまど》っている。頭の整理がつかないうちに、テマリが言葉を連《つら》ねてきた。

「お前は私たちとの暮らしをどう思っている？」

問いを重《かさ》ねられて、やっとテマリが言わんとしていることがわかった。

「へっ」

思わず笑ってしまった。テマリが怒ったように眉間に皺を寄せる。

口を堅く閉じた妻に、微笑んだまま語りかけた。

「お前はこれを見て、どう思う？」

両腕の花をテマリに掲《かか》げる。

「問いに問いを重ねるな」

妻が口をとがらせる。

シカマルは素直な気持ちを言葉に乗せた。

「いつもありがとよ」

満開の花のように黄色い髪が、上下に大きく揺れた。

「あッ！」

顔をあげたテマリの目から、さっきまでの穏やかさが消え失《き》せ《う》ている。

「シカマルッ！　鉄の国に行く前に、自分の部屋にシャツ脱ぎっぱなしにしていただろ！　私が気づいた時には、発酵《はっこう》しそうだったぞ！　洗濯物はちゃんとカゴに入れておけといつも言っているだろ。何度言えば覚えるんだッ！」

「す、すまねー」

冷《ひ》や汗《あせ》が額《ひたい》を流れる。

「あの……」

「なんだ？」

「この花、どうにかしてくれませんか？」

「ほら」

テマリが両腕を広げて身を乗りだした。黄色い花をすべて渡す。

「すみません」

花を抱きしめたまま口をとがらせる妻に、ペコリと頭をさげる。

「まったく……」

大きな溜息とともにテマリが振り返って、台所のほうへと歩きだす。が、数歩行ったところで立ち止まった。

「ありがとう」

シカマルに背をむけたまま、テマリが言った。

「お、おう」

返事を聞くと、妻はスタスタと足早に台所へと消えてゆく。

シカマルは腹の底まで息を吸ってから、ゆっくりと吐きだす。上《あ》がり框《がまち》で靴を脱ぐ。洗い物は忘れぬように洗濯カゴに入れなければ。

家族ってめんどくせー。

だが……。

「悪かねー」

シカマルの守りたかった日常が、いま目の前にあった。

NARUTO-ナルト-
シカマル新伝
舞い散る華を憂う雲

2018年7月9日　第1刷発行

著者　岸本斉史◎矢野隆

編集　株式会社　集英社インターナショナル
〒101-8050　東京都千代田区一ツ橋2-5-10
TEL　03-5211-2632(代)

装丁　高橋健二（テラエンジン）
編集協力　添田洋平（つばめプロダクション）
中本良之

編集人　島田久央
発行者　鈴木晴彦
発行所　株式会社　集英社
〒101-8050　東京都千代田区一ツ橋2-5-10
TEL　03-3230-6297(編集部)
03-3230-6080(読者係)
03-3230-6393(販売部・書店専用)

印刷所　共同印刷株式会社

Printed in Japan
ISBN978-4-08-703456-1 C0093

検印廃止

本書は書き下ろしです。